SONHO DE UMA NOITE DE VERÃO

DRIANA FALCÃO SONHO DE UMA NOITE DE VERÃO

COLEÇÃO DEVORANDO SHAKESPEARE

Adriana Falcão nasceu no Rio de Janeiro, morou muitos anos no Recife mas nunca esteve no carnaval da Bahia, e nem no Olimpo. Esta foi a primeira vez. Segundo ela, foi uma viagem inesquecível, um sonho numa noite de verão.

*"Gente é outra alegria,
diferente das estrelas."*
Caetano Veloso

O OLIMPO

Deu na pesquisa:

29% dos espíritos acreditam na existência de gente do outro mundo.

52% duvidam.

11% desconhecem a expressão "gente do outro mundo".

8% se abstiveram de opinar.

A maior dificuldade de se estabelecer percentuais, em se tratando de espíritos, é essa desagradável mania que eles têm de desaparecer e reaparecer do nada, ou de onde querem, quando bem entendem.

Claro que este atributo, bem típico dos seres sobrenaturais, lhes confere alguma graça. Por outro lado, dificulta qualquer modelo de administração ou sistema político entre eles, visto que sumir é bem mais cômodo do que obedecer a deveres constitucionais. Sendo assim, mesmo quando convocadas pelos deuses "em caráter de emergência", para algum fim específico, as entidades só resolviam aparecer quando tinham paciência – e a bagunça se instalava.

A verdade é que Zeus e Hera vinham perdendo autoridade, e o Olimpo, a velha morada dos deuses e heróis gregos, andava muito diferente nos últimos tempos. A grande época das odisséias, glórias e peripécias havia ficado para trás. O apogeu dera lugar ao tédio.

Heróis, titãs, fadas, elfos, musas, fúrias, monstros, quimeras, centauros e minotauros, sem ter o que fazer, por que lutar, ou a quem salvar, estavam cada vez mais preguiçosos.

Espíritos errantes que há muito vagavam pela eternidade foram chegando, e, sem encontrar resistência alguma, se instalavam. Logo começaram a reclamar privilégios, exigir títulos de "deus disso" ou "deus daquilo", e nunca se viu tanto deus para tão poucos devotos.

– Dizem que no começo era o caos, mas caos, para mim, é isso aqui agora – irritava-se Hera.

Afinal, a principal vantagem de ser a grande deusa do Olimpo era mandar, o que lhe dava um prazer incrível.

Quando não conseguia arranjar uma forma nobre de exercer o seu poder, Hera inventava qualquer pretexto para dar ordens. Se não tinha uma boa idéia para um mandado, encomendava uma pesquisa, só para manter os súditos ocupados. Mandava pesquisar todo tipo de besteira, desde "qual a quantidade de grãos de poeira cósmica no Universo?", até "quem é que foi lá medir as Ursas para afirmar que a Maior é maior do que a Menor?"

Os assuntos foram se esgotando até que ela mandou essa:

– Gente presta?

– Como?

– É a próxima pesquisa, seu tonto. Quero saber o que os espíritos pensam dos homens.

– O que os espíritos pensam de quem?

Tão logo recebeu o resultado da pesquisa, Hera veio fazer queixa ao marido.

– Idiotas! Estúpidos! Desqualificados!

– Calma, querida!

– Odeio quando você fala "calma, querida!".

– O que foi desta vez?

– Cinqüenta e dois por cento desses aparvalhados aqui do Olimpo não acreditam nos mortais!

– Com toda razão. Eu mesmo já deixei de levar fé neles há muito tempo. Essa gente tem emporcalhado demais a Terra.

– Você não entendeu. Os espíritos acham que gente não existe. Que é pura mitologia.

Ao perceber a gravidade da situação, Zeus coçou a barba e bradou: "Cáspite!"

Como pai dos deuses e dos homens, seu desejo era que os primeiros acreditassem nos segundos, os segundos acreditassem nos primeiros, e que fossem todos eles cultos, bem informados, lindos e inteligentes. Já estava conformado com o fato de existirem homens que não acreditam em deuses, mas o contrário?

– Santa ignorância! Se gente não existisse, quem seriam os pedintes que vivem nos dando trabalho com suas intermináveis rezas? É saúde para um, é emprego para outro, é dinheiro para pagar dívida, é sorte na loteria, é promessa para passar na prova, é sol, é chuva, é namorada, é namorado, uma trabalheira desgraçada, e os bobocas nem para perceber isso?

– Você sabe como eles são. Só querem saber de tocar lira.

– Não estão nem aí para o que acontece pelo mundo.

– Ficaram caducos.

– Perderam a memória.

– E o pouco discernimento que lhes restava.

E a ira de Zeus fez trovejar três vezes.

Temendo que o marido resolvesse levantar do trono naquele momento para sair defendendo a raça humana (pois era certo que arranjaria mais uma amante por aí), Hera se adiantou no assunto e fez uma proposta.

– Que tal elegermos uma assembléia de espíritos que façam suas próprias averiguações e cheguem às suas conclusões por eles mesmos?

– Não estamos numa democracia – foi a resposta de Zeus.

– Claro que não. Quem manda aqui sou eu.

E Hera decidiu então que a tal assembléia seria escolhida por meio de sorteio, e, para isso, conclamou o Olimpo inteiro. A notícia de que seria sorteado um prêmio gerou grande empolgação entre os espíritos e todos compareceram em peso. Melhor para Hera, que já tinha assunto para ocupar seus súditos por um bom tempo.

– Estamos aqui presentes para sortear uma viagem ao redor do universo inteiramente grátis.

(Ouviu-se um "Oh!" generalizado.)

– Serão cinco sorteados...

("Uau!")

– ...que deverão sair em expedição para comprovar, ou não, a existência de gente mundo afora.

Como a platéia não demonstrou nenhum entusiasmo com o objetivo da viagem, coube à oradora usar de subterfúgios para que os concorrentes se sentissem motivados.

– Mas não pensem que vai ser fácil não! Isso não é tarefa para qualquer um. Quero ver quem tem tarimba aqui para enfrentar este grande desafio.

(Agora sim, a galera reagiu com interjeições variadas, e a deusa pôde retomar seu tom autoritário.)

– A comitiva deverá trazer provas concretas acerca do resultado da investigação, e informações básicas sobre o funcionamento dos humanos, caso concluam que eles existem de fato. Alguma dúvida?

A idéia de passear por aí percorrendo o universo, ainda mais em missão tão meritória, pareceu até um sonho para aqueles que não tinham o que fazer além de ficar eternamente ali na paz celestial, dó, ré, mi, fá, sol, lá, si, dó.

– Por que em vez de cinco não vamos todos nós? – perguntou Pégaso.

– E penduramos uma placa na porta: "fechado para balanço"?

Aparentemente a hipótese de tirarem férias coletivas estava mesmo descartada. Sendo assim, todos se puseram a apelar para a própria sorte e cantar vitória antes da hora.

Consta que Afrodite se gabou, "se existirem homens bonitos entre essa gente, não vai sobrar para mais ninguém"; e que Dionísio foi logo avisando "eu vou é tomar todas".

Hércules teve o trabalho de anotar, um a um, os nomes de todos os mitos, heróis, divindades e entidades, dobrou papelzinho por papelzinho, e Hera deu por iniciado o sorteio.

Os tambores rufaram, querendo dizer "E atenção, atenção...", porém foram interrompidos por um gesto de Zeus, que falou ao ouvido da esposa:

– Você tem certeza que vai deixar eles rodarem o universo inteiro atrás de gente? Não é melhor ensinar logo a eles o caminho das pedras?

– Para que facilitar quando podemos complicar?

Dito isto, Hera fez um sinal para a orquestra recomeçar o clima de suspense e o primeiro papelzinho foi retirado da urna.

– E o sorteado, aliás, a sorteada foi: Semente de Mostarda!

Batendo as asas de contentamento, a fadinha pediu a palavra.

– Eu gostaria de agradecer a todos aqueles que...

– Sem discursos! – a platéia interrompeu.

Segundo papelzinho.

– Teia de Aranha!

Terceiro papelzinho.

– Mariposa!

Quarto papelzinho. E assim que Hera leu...

– Flor de Ervilha!

...a audiência começou a reclamar.

– Só dá fada nesse sorteio?

– Marmelada!

– Balancem essa urna direito!

Hera mandou Zeus mandar todos calarem a boca e sorteou o quinto e último membro da comitiva.

E o quinto e último membro sorteado foi justamente...

– Titânia!

... e como Titânia era a Rainha das Fadas, aí o pessoal se irritou de verdade.

– Francamente!

– Isto está cheirando a conchavo.

– Acaba de ser caracterizada uma tramóia na organização deste evento.

A gritaria era grande, mas o grito de Oberon, Rei das Fadas, conseguiu ser o mais alto de todos.

– Mulher minha não sai sozinha pelo mundo!

Titânia pôs as mãos na cintura.

– Mas era só o que me faltava. Saio sim e vou aonde quiser.

– Não vai.

– Vou.

– Exibida!

– Invejoso!

– Safada!

– Machista!

E o casal brigava, e a platéia urrava, e o Olimpo tremia.

Hera cutucou Zeus:

– Anda, homem de deus, resolve aí esse problema.

Ele ponderou, ponderou, ponderou e concluiu:

– Resolve você.

Então ela resolveu.

– Declaro assegurada a igualdade de direitos entre os seres de todos os gêneros, credos, origens, raças e cores, incluindo os tons de lilás e verde, assim como sua irrestrita liberdade de ir e vir...

(Foi muitíssimo aplaudida.)

– ...desde que vão para onde eu quero e voltem quando eu quiser.

(Aplausos diminuíram drasticamente.)

– Reitero, porém, que os cinco membros sorteados já estão devidamente eleitos e disso não abrirei mão.

(Aplausos sumiram. Ela continuou.)

– E antes de ser caluniada de "tirana", "opressora", ou "essa chata", me disponho a discutir democraticamente o impasse e atender a uma e somente uma reivindicação da audiência. Peçam aí. Mas peçam logo.

Os espíritos passaram a discutir o que pedir e logo viram que não seria fácil chegar a um consenso.

Enquanto parte deles queria apenas garantir uma forma de neutralizar a maciça presença das fadas entre o grupo sorteado, outra parte sugeria solicitações estapafúrdias. Teve até um hecatonquiro mais atrevido que chegou a propor: "Se é para pedir, vamos pedir logo alto. Queremos o poder! Abaixo Zeus e Hera!" Logicamente, não foi ouvido. Ninguém haveria de querer desperdiçar pedido com sonho que jamais seria atendido. Resolveram, então, colocar os pés nas nuvens e fazer uma exigência razoável.

Após fervoroso debate, finalmente solicitaram à deusa que fosse escolhido um sexto participante para chefiar a missão. Oberon abriu um sorriso.

– Acabo de ser nomeado chefe do grupo.

(Levou uma vaia.)

– Deixe de ser metido.

– As regras são claras.

– Só vai quem for sorteado.

Diplomática que só ela, Hera acatou a opinião da maioria, mandou Zeus balançar a urna bem balançada e avisou que quem tivesse dedos que os cruzasse, pois a responsabilidade agora era da sorte.

Titânia olhou para Oberon com ar de vitória.

Ele fingiu que não viu.

As diversas facções interessadas no cargo se puseram a torcer por seus aliados.

Para evitar qualquer tipo de desconfiança, Hera pediu a um gigante da primeira fila que sorteasse o sexto papelzinho.

E quando o gigante leu...

– "Puck!"

...a multidão pediu a impugnação do sorteio.

Alegaram que não dava para engolir que aquele duende debochado pudesse representar a classe espiritual, além do quê ele era criado de Oberon, Rei das Fadas, e olha aí a panelinha de novo.

Puck era realmente uma criaturinha polêmica, cuja principal diversão sempre foi irritar os outros. Para este fim, utilizava todos os meios – magia, artimanha, lábia, chatice, e sua louvável experiência no assunto.

Passava a eternidade inventando trotes.

Um dos seus preferidos funcionava assim: primeiro se transformava em um belo e galante herói, com a intenção de provocar as fadinhas mais assanhadas, para então se transmutar em um ser assustador de sete cabeças, cada uma delas com incontáveis chifres, justo quando a bobinha estava caindo de amores, e só aí voltar a ser ele mesmo: o pequeno, esverdeado e esquisito Puck.

Mas o que mais irritava os seus colegas de Olimpo era aquela sua insistência em falar em versos, suas frasezinhas empoladas e suas rimas de mau gosto.

A primeira reação de Puck ao ver seu nome rejeitado pelos companheiros foi fazer um dramalhão daqueles. Choramingou que aquilo era uma traição, uma barbaridade, uma grosseria, e que se sentia humilhado com a objeção à sua entidade. Quando viu que seria mais fácil mudar a opinião de um do que a de não sei quantos, ardilosamente começou a insuflar o ego de Hera. Mostrou-se profundamente indignado com a insubordinação da platéia e sugeriu, como quem não quer nada, que a primeira dama do Olimpo deveria ser mais respeitada. Enfim, num gesto de extrema generosidade, colocou seu cargo à disposição.

(Aplausos.)

– À disposição de Oberon – completou.

(Vaias homéricas.)

Ele não se desconcertou.

– O sorteado fui eu

Sendo assim a sorte é minha

O meu Rei vai com a Rainha

No lugar que era meu

E se alguém achar ruim

Vá a...

Alguém se lembra de algum palavrão que rime com "im"?

A essa altura, o desentendimento geral havia tomado tal proporção que Zeus teve que se meter na confusão para evitar uma tragédia.

Hera terminou aceitando a prerrogativa de Puck baseada numa lei que inventou às pressas:

– Adendo milésimo nono, parágrafo 1º: Ao beneficiado por sorteio é dado o direito de dispor do seu prêmio como bem entender. E dou por terminada a reunião.

O fato, posteriormente conhecido como "O escândalo dos papeizinhos", resultou em uma das mais graves insurreições tramada contra os deuses, mas não teve piores conseqüências. Zeus e Hera contornaram politicamente a questão e, apesar de alguns protestos, continuam no poder até hoje.

Evidentemente houve quem achasse que foi tudo manipulado por Puck, porém isso nunca ficou comprovado.

Enquanto os seis eleitos tentavam traçar as metas da expedição, e as possíveis maneiras de realizá-las, Puck, muito excitado, contava a seguinte lenda:

– Lá num planeta azul,

Que é chamado de Terra,

Porém é cheio de mares,

Contradições, crises, e guerras,

Vive um montão de pessoas

Umas boas, outras não,

Umas tristes, deprimidas,

Outras até bem felizes,

Apesar dos seus pesares.

O problema destas vidas,

Desta Terra, desta gente,

É que por mais que façam,

E aconteçam, infelizmente,

Lá, tudo que existe morre,

Porque lá existem dias,

E os tais dos dias correm,

Dia e noite,

Diariamente.

– E que diabos são dias?

– Pedaços de tempo que passam,

Toda vez que a Terra, louca,

Por não girar muito bem,

Cisma de completar uma volta.

Finda a narrativa, Titânia comentou que se lembrava vagamente de já ter ouvido falar desse tal planeta, outrora denominado Gaia, que, salvo engano, abrigava uma espécie de coisa chamada gente.

Flor de Ervilha falou da sua loucura por conhecer Saturno e seus anéis, local bem mais atrativo do que a Terra que não tinha enfeite nenhum, nem presilha de cabelo.

Semente de Mostarda confessou que preferia dar uma passeada geral, para conhecer o Universo inteiro.

Mariposa achava isso cansativo.

Teia de Aranha quis demonstrar seu conhecimento acerca dos tais "pedaços de tempo" que Puck explicara, votando no *tour* básico "As maravilhas do Cosmos, oito dias, sete noites visitando 21 planetas."

Oberon discordou terminantemente.

Para que perder tempo se podiam ir direto ao ponto? Se ninguém tinha outro indício da existência de gente em nenhum outro lugar, por que não começar pelo que tinham?

Devido ao título de chefe da missão, teve sua opinião acatada. Puck lembrou que eles deveriam escolher o local exato por onde começariam a exploração, visto que a Terra não é tão pequena assim.

As fadinhas acharam mais divertido "ir na doida".

– Como é "ir na doida"? – Oberon quis saber.

– É respirar fundo para tomar coragem, se jogar e cair onde quiser o destino.

E assim foi resolvido.

Movidos por uma enorme vocação para festas de qualquer tipo, todos os habitantes do Olimpo se juntaram para o bota-fora.

Os seis selecionados se mostravam bem nervosos.

Os outros tentavam esconder suas frustrações, ou simplesmente esquecer e partir para outra, com argumentos como:

– Azar no jogo, sorte no amor.

– Viagens a negócio são muito cansativas.

– Muito melhor ficar aqui com as pernas para cima do que rodar o universo todinho atrás de algo que não existe.

O que gerava outra discussão.

– Eles podem até não encontrar por incompetência deles, mas que gente existe, existe.

Até Shakespeare, o Deus das Histórias, que não era dado a badalações, resolveu aparecer. Quando viu os seis personagens enfileirados, em posição de partida, orgulhosos de si mesmos, pensou: "Isso vai dar problema." Repensou: "Sem problema, qual seria a graça?" Então sorriu.

Néctares e manjares foram servidos, o coral de anjinhos cantou lindamente, divindades dançaram, como há muito não faziam.

De repente, as trombetas tocaram, e na linguagem das trombetas aquele toque queria dizer que se aproximava a hora da partida.

– Vocês têm um momento para ir e voltar. Mas não inventem de perder tempo por aí se não quiserem ser severamente punidos! – avisou Hera.

– Só um momento é muito pouco – reclamaram as fadas.

– É mais do que suficiente – explicou Puck.

Um momento aqui para nós

Vale quatro dias de gente.

– Boa viagem! – berrou a deusa.

– Deixa eu ir com eles? Prometo me comportar! – Zeus ousou implorar.

Ouviu um "não" poderosíssimo que até hoje ecoa no espaço. Por culpa dele, ao que parece, os maridos nunca mais tiveram autorização das mulheres para ir à farra sozinhos, e têm que fazer isso escondido delas.

As trombetas tocaram mais forte.

Hora de partir.

Oberon, Titânia, Mariposa, Semente de Mostarda, Teia de Aranha e Flor de Ervilha respiraram fundo.

Tomaram coragem.

E se jogaram no vazio do infinito universo.

NA DOIDA

A viagem foi rápida como são as viagens dos espíritos. Um abrir e fechar de olhos sonolentos, um cantar de galo, um espreguiçar de gato, um não acabar mais de dor a um infeliz, uma equação – que continha até raiz quadrada – para um preciso resultado em anos-luz, a destruição de um universo descontínuo de uma hipótese quântica, o tempo de um apaixonar-se humano, que não encontra equivalência alguma na medida do desapaixonar-se, já que nem os deuses conseguiram ainda estabelecer princípio físico, matemático ou comportamental que obedeça ao acontecer dos desamores.

A opção de, ao invés de definir o exato ponto de chegada, "ir na doida", criou grande suspense entre os viajantes e "onde diabos iremos cair?" foi a frase mais ouvida durante todo o percurso.

Quando chegaram ao destino escolhido pela sorte, tiveram uma grata surpresa.

Haviam caído num lugar quente e colorido (que depois vieram saber o nome e a localização exata – Salvador, Bahia, Brasil), justamente no meio de uma enorme concentração de gente (e bote gente nisso, uma vez que estavam em pleno Carnaval).

Agora que já tinham a resposta para a questão central da investigação, podiam passar direto para a segunda etapa.

Estava comprovado que gente existia.

Restava compreender como funcionava.

A TERRA

Se olhares emitissem flechas, se veriam por aqui tantos arqueiros e tantos alvos que até se perderia a conta.

Para esta gente, deste lugar, o dia mais longo do ano não era o solstício de verão, que no hemisfério sul acontecia no final de dezembro, mas este tal dia que durava quatro dias, chamado "Carnaval".

Eles começavam a festejar com alguma antecedência e todos só tinham olhos para flertar e só tinham cabeça para enlouquecer e só tinham pés para dançar e só tinham anseios.

Nas ruas, como se fossem reais, reis, odaliscas, pierrôs, baianas, havaianas, euforia.

O mar, todo de um lado, limitava o avanço de gente, e servia ora para um banho refrescante, ora para esconder os corpos e deixar de fora as cabeças.

Quando enfim amanhecia a quarta-feira desta única noite dividida em quatro datas, todos se divertiam com a quantidade de espantos.

Beltrano e Beltrana não eram inimigos?

Sicrano e Sicrana não se amavam?

Fulano não era sério?

Fulana não era triste?

E também não era morena?

Todo ano era isto.

Pensamentos ébrios. Visões estapafúrdias. Enredos imprudentes.

Mas aquele foi o ano dos recordes.

O primeiro grande engano da história que se segue deveu-se à coincidência das datas e ao desconhecimento do calendário terrestre por parte dos espíritos.

Sem saber que o motivo de tamanha aglomeração de pessoas era o carnaval baiano, que naquele ano estava fervendo, evidentemente os visitantes deduziram que assim era a Terra: uma eterna folia. Uns tocavam, uns cantavam, uns dançavam, muitos se agarravam, quase todos bebiam, e bebiam muito. Difícil dizer se a anfitriã era a música, que inundava a cidade, ou se o desejo, que movia os corpos, era o dono da festa. Para quem estava acostumado à paz celestial, aquele lugar de delícias parecia ser o paraíso autêntico, muito mais animado do que o das escrituras, e, por isso mesmo, muito mais atraente.

Homens e mulheres se comportavam como se estivessem numa caçada e se revezavam nos papéis de caça e caçador.

Elas usavam várias espécies de artifício para exibir a beleza, meros acessórios para realçar o essencial: pernas, umbigos e seios. Eles ostentavam seus tóraces, bíceps e tríceps definidos com o auxílio de instrumentos que tinham nomes como "halteres", "rosca", ou "supino", uma vez que as outras maneiras de se ficar forte – carregar pedras, buscar lenha ou lutar com animais selvagens – há muito tinham caído em desuso. Mas os métodos utilizados pelos homens, pouco importavam. As fadas ignoravam a existência destes e se impressionaram foi com o resultado: corpos hercúleos que lhes causaram grande excitação.

As ruas eram enfeitadas com fitinhas coloridas, estandartes, geringonças e cartazes que continham símbolos, desenhos variados e palavras como "Brahma", "Nokia" ou "Fiat", que a princípio os espíritos julgaram ser nomes de deuses.

Soltos no vento, atendendo a pedidos de mães zelosas, anjos da guarda estavam especialmente atentos.

Ali embaixo, o povo era separado em grupos, uns menores, outros gigantes.

Alguns eram destaques e pulavam no topo de carros cantantes que eram conhecidos como "trios elétricos".

Muitos, numa procissão desvairada, seguiam os tais trios.

Dos muitos que seguiam os trios, alguns usavam uma espécie de uniforme, chamado de abadá, que lhes dava direito a ficarem cercados por cordões de isolamento, protegidos, talvez, de monstros perversos.

A grande maioria ficava fora das cercas.

Existiam ainda umas espécies de compartimentos menores, onde só podiam entrar uns poucos.

O nome desses lugarezinhos era camarote.

Em contra-senso às leis da matemática, era justo nos raros camarotes que a maior parte das pessoas almejava estar.

Cabeça, mais corpo, mais membros, mais copo (ou lata, ou garrafa), mais alma, mais sonhos, mais paixão, mais alegria, mais dores, mais medo, mais desejo, mais paradoxos, tudo isso aos montes e ao mesmo tempo.

Gente era mais ou menos isso, concluíram os espíritos.

Ao se aproximar de uma pessoa qualquer, percebia-se logo a diferença desta para as outras.

As particularidades de cada um podiam ser identificadas pela cor da pele, formato dos olhos, tipo de cabelo, estatura, peso, nível de instrução, condição social ou formação cultural, fora algo que emanava de dentro, que alguns definiam como "luz própria".

Era só escolher uma pessoa daquelas ao acaso e se colheria a prova pedida pelos deuses.

Idéias não faltavam.

– Podemos levar um desses trecos que eles não tiram da orelha – opinou Titânia, referindo-se a um aparelho que se chamava "telefone celular".

– Aquilo toca muito baixo.

– Um trio elétrico?

– Aquilo toca muito alto. Dona Hera vai ficar histérica.

– Uma peruca prateada!

– Isso eles estão cansados de ver. Nunca vi uma fada careca.

– Tem que ser algo que só gente tem.

Aí a missão complicava.

Os deuses, heróis e demais habitantes do Olimpo possuíam muitas qualidades (ou defeitos) equivalentes aos dos humanos, e, fosse lá quem tenha sido feito à imagem e semelhança de quem, as espécies se pareciam muitíssimo, ora por dentro, ora por fora.

Como encontrar algo que fosse essencial à condição de gente e representativo do planeta Terra, se – sapato, amor, arma, dor, ódio, piedade, ira, ciúme, lira, viola ou tambor – tudo isso os deuses também tinham, lá da maneira deles?

– Por que não resolvemos esse detalhe depois – sugeriu Semente de Mostarda – e começamos logo a colher as informações que nos foram encomendadas?

– Trabalho difícil. Para que possamos descrever o funcionamento humano, precisamos primeiro entendê-lo.

– Além de ter de compreender algo aparentemente incompreensível, ainda teremos que elaborar um manual de instrução?

– Melhor obter uma boa história que, além de testemunhar que gente existe, sirva para documentar como é um bicho engraçado.

– Uma boa história! – Oberon, como chefe da missão, aprovou a idéia. – Anotem todas as observações interessantes, então juntamos as anotações e entregamos tudo por escrito a dona Hera, com letra bem caprichada.

Por mais que tenha jurado a si próprio que ficaria calado, na sua, muito bem escondidinho, Puck não se conteve:

– Calma, seus ignorantes!

Vamos por partes.

Vocês se esqueceram do básico.

Urge decidir a forma antes.

Um texto sem estilo não tem alma.

Escrever é arte trabalhosa.

Moderno ou clássico?

Poesia ou prosa?

Peça de teatro?

Em quantos atos?

– Lá vem Puck com negócio difícil.

– Puck?

– Aqui?

– Fazendo?

– Você não tinha cedido seu lugar a Oberon?

– E vocês caíram nessa?

Mas são mesmo uns cretinos.

Eu lhes preguei uma peça

E vim como clandestino.

– Agora a gente ainda vai ter que agüentar esse tagarela o tempo todo?

– Vai sim. O tagarela é meu criado.

– Agora eu entendi a generosidade dele quando lhe cedeu sua vaga. Vocês dois armaram tudo!

Antes que o casal de reis começasse uma daquelas discussões, as quatro fadinhas do séqüito ponderaram que, por mais desagradável que fosse a presença de Puck, pior seria tentar expulsá-lo dali. Afinal, mais um ou menos um...

– Se vocês querem saber,

Outros fizeram igual.

Está cheio de imortal

Escondido de vocês,

Por aí, na grande festa

Que esta Terra mostrou ser.

– Invejosos! Não nos dão paz em nenhum lugar do mundo – lamentou-se Titânia.

– Esqueçamos os clandestinos e ao trabalho – o Rei contemporizou. – Quero anotações detalhadas. Cada um por si!

– E Zeus por todos! – os outros responderam em coro.

– Ei! Faltou escolher o personagem da história – lembrou Flor de Ervilha.

– Ou personagens.

Uma trama só é boa

Quando tem suas engrenagens.

Uma pessoa sozinha,

Em geral não dá em nada.

Só para dar a largada,

Por que não escolher duas,

Ao acaso, pelas ruas?

Pois para se entender gente

Profundamente,

Lá no íntimo,

É preciso um par,

No mínimo.

– E como é que se escolhe "ao acaso", se na palavra "escolher" já está contido o sentido de optar, eleger ou preferir? – Teia de Aranha foi no fundo da questão.

– Deixemos a incumbência

Ao galhofeiro Destino,

Senhor das coincidências.

Imagino que o planeta
É uma enorme roleta,
Cujo ponteiro sou eu,
Fecho os meus olhos e giro.

Assim foi feito.

Puck fechou os olhos, fez do indicador uma seta, girou, girou, girou, girou.

Aleatoriamente, parou.

Abriu os olhos.

E todos olharam na direção do seu dedo.

Titânia e Oberon não se agradaram muito do casal apontado, mas os demais aprovaram a escolha.

Venceu a maioria.

VERY IMPORTANT PEOPLE

O par escolhido, Teseu e Hipólita, parecia servir de modelo ao todo, tanto é que todos os outros pares, ao que se percebia, gostariam de ser como aquele.

O compartimentozinho deles se chamava "Camarote VIP".

Para se ingressar ali, era necessário usar uma pulseirinha amarela que servia como credencial, ou saber levar na conversa os guardiões que protegiam a entrada.

O casal trocava carinhos, como convém aos noivos.

Mas em vez de fazerem isso no escuro, para ficarem mais à vontade, acontecia o inverso. A cada gesto dos dois, *flashes* de luzes espocavam.

Os carinhos trocados podiam ser de toda qualidade, incluindo braços, pernas e palavras.

Pelo visto, gente adorava se beijar na boca, trocar palavras aparentemente tolas, se dizer amando e se sentir melhor por isto.

Era impressionante a atração que um corpo poderia exercer sobre outro.

Talvez fosse cedo para afirmar, mas parecia que gente funcionava melhor aos pares mesmo.

Sozinhos, pareciam metades.

– Os seres mortais têm a desvantagem de serem mortais e a vantagem de, por isso mesmo, desejarem aproveitar intensamente, e de todas as maneiras, o tempo que duram seus corpos – observou Teia de Aranha.

– O que é bom dura pouco – filosofou Flor de Ervilha.

Teseu vestia-se de duque e Hipólita de princesa amazona.

Isso não quer dizer que eles fossem duque ou princesa de verdade, uma vez que quem estivesse vestido de arlequim naquela circunstância não necessariamente seria arlequim no dia-a-dia.

Estava claro, porém, que se tratava de gente da nobreza, pois ambos eram reverenciados como se fossem diferentes do resto das pessoas, quem sabe até melhores do que estas.

À tal hierarquia deveria se dar algum nome no vocabulário dos mortais, algo como influência, prestígio, notoriedade, ou outra palavra com ar de importante.

Mariposa sobrevoou a multidão, ouviu um zum zum zum aqui, outro ali, e voltou com a novidade.

– Já sei de tudo. Eles são famosos.

– Por causa de quê?

– Porque todo mundo quer tirar retrato com eles, ora.

– Isso não é causa. É conseqüência – Oberon explicou.

– Para eles terem se tornado famosos devem ter feito algo importante.

– Vou dar uma voltinha pra ver se descubro o que foi que eles fizeram – propôs Semente de Mostarda, que estava doida para se divertir um pouco.

– A gente vai junto! – avisou Flor de Ervilha, carregando Mariposa e Teia de Aranha com ela.

– Fadas!

Dizem que vão trabalhar?

Duvido.

Saíram foi a passeio,

Assanhadas como sempre,

Atrás de bons galanteios

Ou, com sorte, de um marido.

A acusação de Puck caiu no vazio assim que foi dita quando as quatro voltaram, em curtíssimo tempo, cheias de notícias.

– Trouxemos a ficha completa.

– Teseu Bisneto, bisneto de Teseu Bisavô, é candidato a senador.

– O que é senador?

– Um homem que manda mais que os outros.

– E como é que se vira senador?

– Através do voto do povo.

– Isso se chama democracia.

– Aqui eles costumam escolher seus representantes por eleição, e não por sorteio.

– E o que dizem é que a eleição de Teseu é garantida.

– Não se pode prever o futuro.

– É que ele faz parte de um tipo de gente chamado "gente cheia da grana".

– Tipo esse que geralmente consegue tudo que quer.

– E ainda agrada bastante um outro tipo chamado "gente interesseira".

– Deixe de ser maldosa! Hipólita está com Teseu por amor puro e ingênuo ou não teria abandonado sua carreira.

– Ou teria?

– Se não se pode prever o futuro, imagina o futuro do pretérito.

– Ela abandonou a carreira?

– Que carreira?

– E os dois são o sucesso do momento.

– E não se deve julgar os outros.

– Por que não?

– Porque isso não é coisa de fada.

Realmente, o principal assunto nas ruas (tirando-se os gemidos de amor, as lamúrias e um estribilho, que não fazia muito sentido, de uma música que tocava incessantemente), era "o casamento de Hipólita e Teseu".

Os dois haviam se conhecido há 17 dias, caíram de amores, e resolveram celebrar a bendita união na noite da terça-feira de carnaval.

Havia quem especulasse que aquilo tudo era autopromoção, politicagem ou marketing das empresas da família de Teseu, que, para se manter na mídia, lançava três eventos simultâneos:

1 – Um concurso de blocos com gordo prêmio em dinheiro para o vencedor.

2 – A inauguração de uma megacasa noturna, onde seria festejado o casamento.

3 – A festa do casamento em si que, provavelmente, sairia com destaque em todas as colunas sociais.

Havia quem acreditasse no ardor daquela paixão: "Eles vão ser felizes para sempre."

Havia quem duvidasse: "Mês que vem ele está com outra."

Havia até gente que colecionava autógrafos da ex-futura famosa atriz e do futuro senador, numa carinhosa demonstração de admiração, ou em explícita tietagem.

Qualquer que fosse o motivo do casamento, amor puro e ingênuo, negócios ou política, é incontestável que o casal irradiava felicidade e simpatia. Acenavam para todos, concediam entrevistas, trocavam olhares apaixonados.

Segundo Teia de Aranha, em determinado momento, Teseu se queixou:

– Quatro dias nessa levada acabam com o fígado de qualquer um. Não seria bom se amanhã já fosse quarta-feira?

A romântica Hipólita, certa de que as palavras do noivo queriam dizer que ele estava ansioso pelo casamento, consolou o amado.

– Nessas quatro noites o tempo vai passar rapidamente, como num sonho.

– Bonita frase! – foi o comentário de Flor de Ervilha.

Teseu abriu outra cerveja e acenou para um assessor, que se aproximou imediatamente.

– Precisamos animar esse povo. Fala para o pessoal do trio elétrico só tocar sucesso e vê se me consegue pelo menos uma capa de revista, vai, Filóstrato.

Filóstrato saiu.

Hipólita comentou que a cantora não sei qual tinha engordado um pouco recentemente.

Teseu fez um sorriso plastificado enquanto posava para mais uma foto.

O trio elétrico repetiu o *hit* do ano anterior.

O povo se animou.

Mais uma leva de convidados ilustres, todos munidos de suas pulseirinhas amarelas com poder de "abre-te Sésamo", invadiu o camarote do casal.

As câmeras de televisão não paravam de registrar o que parecesse interessante.

Que o tempo ia passar mais rápido naquelas quatro noites, esta era uma previsão fácil, visto que todo ano era aquilo, aquele batuque, e a zoeira, a realidade atirada à sarjeta, e, no lugar dela, as fantasias.

As fadinhas alegaram que já tinham entendido mais ou menos como era gente, sendo assim podiam esquecer o trabalho para ir se divertir.

Oberon foi firme e claro.

– Nem pensar. Primeiro a obrigação.

Julgando-se grande antropólogo, Puck afirmou que mal estavam no prólogo, ainda não tinham nem trama, e que trabalho era trabalho e programa era programa.

Titânia argumentou que não era muito estratégico ficarem todos os sete no mesmo lugar, assistindo aos mesmos episódios, se podiam se dispersar pela multidão e diversificar os pontos de vista.

Assim ficou combinado.

Cada qual que ficasse livre para fazer suas observações ao seu modo.

– Mas nada de cair na folia! – ordens do Rei.

Resignadas, as fadas trouxeram suas atenções de volta aos personagens e começaram a anotar.

O imbróglio a que assistiram em seguida possivelmente foi traçado por algum inspirado autor de destinos, maluco que era, um tipo de encontros e desencontros bem característico do planeta Terra, dessas tramas que depois viram até comédia e podem ser representadas por quem quer que deseje comentar a estranha condição humana.

Tudo começou quando um senhor e um rapaz se apresentaram na porta do camarote dos noivos e tiveram acesso permitido na hora.

Teseu recebeu os recém-chegados com alegria, em seguida compreendeu que a visita na realidade era uma consulta, mais que isso, uma reunião deliberativa, e escutou com atenção o que eles diziam.

O velho chamava-se Egeu e se dizia um homem com vocação para as letras, prova disso é que já havia sido membro do PAB, do PBC, do PCD, e daí por diante, até perder uma eleição pelo PFG e ter se afastado da política por algum tempo.

Naquele ano, com muita honra, voltara à ativa como presidente do PJL, partido fundado por Teseu Avô e vinha investindo pesado na campanha.

– E não é que encontrei a teimosa da minha filha agarrada com aquele vereadorzinho safado do PMN? – reclamou para Teseu.

Hérmia, a linda filha de Egeu, para desgraça do pai, andava

circulando aos beijos com Lisandro desde a semana pré-carnavalesca, o que deu muita margem para fofoca entre a vizinhança, as tias, as primas e os membros da Câmara dos Vereadores.

Como não tinha irmãos que dividissem com ela essa responsabilidade, a moça terminava sendo o único instrumento familiar que o pai poderia utilizar a seu favor em sua "luta pelos direitos do povo", que era como ele chamava a sua vontade de ganhar eleição.

– Se ele luta pelos direitos do povo, não deveria lutar também pelo direito da filha de namorar quem quiser? – estranhou Mariposa.

– Vai ver ela não é "povo".

– Será que só é "povo" quem é pobre?

– Então não é do interesse dos candidatos que o povo deixe de ser pobre, ou senão eles vão alegar que lutam por quem?

– Vocês querem calar a boca um minuto para eu ouvir o que o rapazinho que chegou com o velho tem a dizer? – interrompeu Oberon.

O "rapazinho que chegou com o velho" atendia pelo nome de Demétrio, havia sido indicado como candidato a Deputado Estadual pelo PJL, e também estava furioso.

– A namorada é minha e isso vai arranhar a nossa imagem! Quem vai querer votar num corno?

– Penso que se trata de um problema de cúpula. Por isso tomei a liberdade de vir pedir sua intervenção na banda-lheira – concluiu Egeu.

– Vamos primeiro tentar resolver a questão pacificamente? Tragam o casalzinho aqui – Teseu dirigiu-se aos seguranças.

Apesar de não ter sido fácil arrancar Hérmia e Lisandro do meio do Olodum, a ordem foi cumprida fielmente.

Poucos minutos depois o casal se apresentou no camarote – ele fantasiado de grego, ela descabelada.

– Para piorar, o desgraçado copiou minha fantasia! – Demétrio partiu para cima de Lisandro.

– Foi você que copiou a minha! – Lisandro revidou com um empurrão.

Foram apartados.

A coincidência dos trajes só servia para aumentar a semelhan-ça entre os dois rapazes.

Um parecia xerox do outro, a ponto de poderem ser facilmente confundidos, a não ser pelos olhos de Egeu e Hérmia.

Os dois queriam a mesma moça.

Ambos se disporiam a tudo para ganhar a simpatia do sogro.

Numa discussão digna de gente, cheia de certezas e enganos, estabeleceu-se a confusão.

O velho se atribuía a competência de arranjar o homem mais adequado para a filha.

A moça insistia – não tinha nada a ver com PMN, nem PJL, nem coisa nenhuma.

Pretendia votar nulo.

Estava apaixonada.

E era dona da sua vida.

Defendia ainda que se o pai visse Lisandro com os olhos dela, mudaria seu parecer e o dos demais membros do partido – solução impossível de ser posta em prática ao se levar em conta que uma pessoa não pode contemplar outra senão com seu próprio contemplar.

Demétrio berrava que não admitia traições e nem acreditava em paixões repentinas, portanto "a maluca da Hérmia" que levasse em conta tudo que eles viveram juntos, honrasse seus compromissos, tomasse vergonha na cara, ou algo parecido (aos espíritos tanto fazia este ou aquele motivo, se toda afirmação poderia ser dita às avessas, em se alterando um simples vocábulo ou algum rumo de pensamento).

Lisandro, se sentindo injustiçado, puxava o discurso para o lado emocional, enaltecia os méritos do coração e a força de um verdadeiro amor, pleiteando razões sentimentais que aos ouvidos do velho eram verdadeiras baboseiras.

Teia de Aranha jamais ouvira afirmações tão engraçadas.

Flor de Ervilha nunca tinha visto trama assim confusa.

Semente de Mostarda jurou ter compreendido todo o drama.

Mariposa desconfiou: "Como é que se pode compreender essa doideira?"

Estranho aquele tipo de ser chamado gente, cada qual com suas opiniões e suas verdades.

Estranho ainda que a opinião de um qualquer, que nem deus de nada era, valesse mais que as outras, mas pelo jeito era assim que funcionava.

Teseu ouviu fala por fala.

Pediu um momentinho para consultar os santos.

Fechou os olhos, com ar compungido.

Deu uns tremeliques.

E, em seguida, o veredicto:

– Hérmia não tem nada que ficar dando mole para Lisandro, muito menos em público, mas posar de namorada de De-métrio, pois é assim que o pessoal do PJL e Iansã querem que seja.

As fadas vasculharam o mundo do invisível para ouvir a opi-nião de Iansã pessoalmente, e a encontraram brandindo sua espada, indignada:

– Essa gente agora deu para tomar os nomes dos Orixás em vão, somente para enganar os bestas.

Como indício de que Iansã estava plena de razão, Teseu confessou que tinha um favor para pedir a Egeu e Demétrio em troca do seu parecer favorável a eles.

Em se tratando de transação particular, carregou os dois para um compartimento VIP dentro do compartimento VIP, área ainda mais restrita do que a restrita, onde só se entrava com uma pulseirinha vermelha, em vez da amarela.

Lisandro e Hérmia ficaram do lado de fora.

– Mas que bobeira!

– Como é que se larga um casal apaixonado solto por aí?

– Principalmente sendo uma paixão proibida?

– Só se for para o Demônio tentar mais à vontade.

Foram essas as observações dos espíritos.

Puck pediu silêncio para escutar o que diziam Hérmia e Lisandro.

O que eles diziam, em resumo, era o que sempre dizem os amantes.

Primeiro elevaram seu caso de carnaval à condição de grande amor.

Aí trocaram juras (nem todas elas conseqüentes, como convém aos apaixonados), e assumiram o título de inseparáveis, sob a alegação de que nem Deus poderia impedir uma lei do destino, muito menos deputado e senador.

– Os casais pensam que são eles que legislam o destino, desautorizando portanto o ofício deste, que, sem função, poderia até deixar de existir, se quisesse, se é que o destino existe – divagou Flor de Ervilha.

Os outros espíritos nem ouviram o comentário, interessados que estavam na conversa.

Que solução pode haver para um amor impossível?

Torná-lo possível.

Foi Lisandro quem deu a idéia.

– E se a gente fugisse como se fazia antigamente?

– Que lindo!

– Eu acho que dá mídia nacional.

– Parece coisa de novela.

– "Jovens apaixonados lutam pelo seu amor."

– As minhas primas vão morrer de inveja.

– Aqueles reacionários do PJL vão ficar danados da vida.

– Você está com o seu passaporte em dia?

– A minha tia tem uma casa com piscina em Itaparica.

– Lugares frios são mais românticos.

– Chapada Diamantina.

– Londres.

– No máximo Rio ou São Paulo.

– Se a gente tivesse resolvido isso antes ainda dava pra ter visto o desfile da Mangueira.

– Pegamos a BR 101 e vamos descendo.

– Quando?

– Hoje?

– Eu só preciso de um tempinho pra arrumar as minhas coisas.

A passagem de um bloco carnavalesco tanto atrapalhou o momento solene, como selou, talvez, o trato.

– Não é sempre que uma decisão a dois é comemorada com tanta festividade – comentou Semente de Mostarda, emocionada.

Foi quando uma moça surgiu da multidão.

Era Helena, triste, triste.

Salgadas linhas negras escorriam pelo seu rosto. Desde que Demétrio a abandonara por Hérmia, vivia assim, encarnando o papel de mulher desprezada, a maldizer a vida. Contou que chorava noite e dia.

– Por causa daquele ingrato. Carreirista. Desgraçado de uma peste.

Flor de Ervilha compreendeu na hora que querer de gente é tão complicado quanto qualquer outro e daí tanto vai e vem, vai não vai, e não vai nem vem.

Então anotou:

* Olha aí o conflito armado.

* Helena quer Demétrio.
* Que quer Hérmia.
* Que quer Lisandro.
* Que quer Hérmia.
* E Helena está sobrando, coitada dela.
* Mas se não fosse assim, e tudo estivesse certo, a história acabaria por aqui, com todos felizes, ponto final, e aparentemente gente e confusão gostam de andar de braços dados.

Hérmia e Lisandro ficaram com pena da amiga.
Para tentar consolá-la, enveredaram pela psicologia.
Ponderaram que o amor é muito louco. Cheio de desenganos. E que o ser humano, mais louco ainda, é movido por interesses múltiplos.
E Helena chorando.
Aprofundaram a questão.
Talvez Demétrio também fosse vítima das tolas disputas por poder e nem soubesse mais distinguir amor de interesse.
Quem sabe não continuava amando Helena como antes, e só estava um pouco confuso?
E Helena chorando.
Apelaram para a neurofisiologia.
Lembraram que o corpo responde aos estímulos do cérebro, que por sua vez é cheio de substâncias de nome difícil

que transmitem emoções, nem sempre agradáveis, mas que sempre podem se alterar, dependendo das condições a que sejam submetidas.

E Helena chorando.

Recorreram a uma solução mais simples, enchendo um copo de cachaça, "toma essa e arranja outro!"

E Helena chorando.

Como último recurso, revelaram o que ainda era segredo: haveriam de fugir, os dois, pois já estavam de saco cheio daquela chatice toda.

Assim, Demétrio ficaria livre e desimpedido.

Helena que aproveitasse.

Então deram vários beijos de despedida, "só mais um, só mais outro, só mais este", e se foram. Até a hora da partida, a saudade de ambos faria sua parte no pacto, atiçando ainda mais suas vontades.

Antes de dobrar a esquina, Hérmia gritou para Lisandro:

– Nos encontramos onde?

– Que tal atrás do Matagal do Duque?

– Você acha que eu devo levar aquele vestido tomara-que-caia?

– Já vi que eu vou ter que carregar não sei quantas malas.

– O vestido tomara-que-caia, a jaqueta de couro, o secador de cabelos...

– E o remédio para azia!

* Atrás do matagal do duque, anotou Mariposa, enquanto olhava em volta para ver se via algum matagal no meio daquela turba de gente.

Como se verá posteriormente, esse era um momento delicado da trama, uma vez que seu andamento agora cabia apenas a Helena.

Ela ficou ali pensativa, com a história em suas mãos, sem saber que enquanto não decidisse o que fazer os outros personagens seriam obrigados a ficar pairados no ar, sem sorte, azar, ou um simples objetivo.

Claro que o autor dos destinos estava atento a isso, afinal, para que as coisas andassem como andaram, era fundamental o próximo passo.

A possibilidade de ter Demétrio de volta causou na moça uma explosão de sensações contraditórias – descrenças e esperanças, esperanças e descrenças.

Seus pensamentos, e seu músculo cardíaco, e seu estômago, e seu nó dentro do peito, e a firmeza de suas pernas, de repente se tornaram incontroláveis.

Ela tentou se acalmar respirando fundo.

Jogou uma água na cara.

Acendeu um cigarro e ficou olhando a brasa.

Pediu forças à Mãe Terra.

Recitou um mantra para Krishna.

Derramou solicitações a Cupido.

Jogou seu colar para Iemanjá.

Fez o sinal-da-cruz.

Evocou o arrebatamento para ajudá-la.

E não se sabe determinar qual ou quais das divindades consultadas deram o ar de sua graça, mas certamente não foi ao acaso que a resolução veio, muito clara, à sua cabeça: dedurar o plano de Hérmia e Lisandro para Demétrio.

Primeiro achou a idéia genial.

Depois teve uma crise de consciência.

E, daí, veio a dúvida cruel.

Ora se via cheia de perspectivas, em seguida estava rodeada de remorsos, então era bombardeada por uma seqüência variada de "se bens que", três pontinhos, qualquer coisa, e não conseguia assentar os pensamentos.

Dedurava ou não dedurava?

Terminou decidindo pensar primeiro em si mesma.

Ia dedurar sim.

A realidade é que em troca da gratidão de Demétrio era capaz de tudo.

Ainda procurou um motivo mais magnânimo que absolvesse sua culpa, não encontrou nenhum, pensou "vai esse mesmo", e saiu à procura do amado, refletindo que o amor não tem o menor discernimento.

As fadas e os duendes em volta, que nunca tinham feito nem terapia nem análise, refletiram sobre o mesmo tema, com outra linha de raciocínio.

Como gente é atrapalhada.

O que provoca, verdadeiramente, as escolhas?

A razão que levou Egeu a escolher Demétrio, e não Lisandro, como par da sua filha, era por todos conhecida. O primeiro era seu protegido político. Mas por que seu protegido era Demétrio, e não Lisandro, se era tão fácil trocar um L por um D, essa sigla por aquela, uma intenção de voto, uma crença qualquer por qualquer outra?

A falta de razão que levou Hérmia a escolher amar Lisandro, e não Demétrio, era igualmente incompreensível.

Por que Helena queria justo Demétrio, que queria Hérmia, também foi questão que ficou sem resposta.

Que motivo seria esse que os impedia de apelar logo para Cupido e destrocarem os amores, para ficar tudo organizado?

Esta foi a questão que mais intrigou os espíritos.

Prova disso é que o resto da viagem não serviu senão para investigar esse tal tipo de paixão, ou ambição, ou fanatismo, ou afeição, ou fosse lá a palavra que nomeava a espécie de insanidade que acometia quase toda gente daquele mundo.

Mariposa falou com seu peculiar mau humor:

– Para mim é tudo oportunismo.

Flor de Ervilha, sonhadora que só ela, deu um suspiro...

– Amor, ciúme, desprezo, desforra, a história vai começar é agora.

Então olhou em volta e viu que tinha falado com o nada.

Puck, Oberon, Titânia e os outros membros do séquito já haviam ido cada qual para um lado, para não perderem de vista nenhum personagem ou detalhe da trama que estava se tornando, aos olhos deles, adorável.

PESSOAL DA GALERA

Num barraco perto dali, um bloco de sujos formado por Bobina, Quina, Bicudo, Fominha, Justinho e Sanfona conversava seriamente.

Os amigos viviam de bicos como pedreiro, eletricista, encanador, mecânico, marceneiro, ou o que encontrassem para fazer, e esperavam pelo Carnaval o ano todo.

Era então que esqueciam o resto para serem felizes de fato.

O assunto em pauta era artístico-financeiro.

Estava em votação se eles deveriam ou não participar do desfile de blocos promovido por Teseu. Com o dinheiro do prêmio, poderiam comprar novos instrumentos musicais, visto que os deles estavam caindo aos pedaços, defendiam Quina e Bicudo. Justinho, Sanfona e Fominha refutavam que, se os instrumentos deles estavam caindo aos pedaços, como conseguiriam arrebatar o prêmio?

– Com criatividade! – explicou Bobina. – Eu pensei num tema romântico para homenagear o casamento de Teseu e Hipólita, o que já garante a simpatia do júri.

– Que tema?

– "A mais lamentável comédia, a mais cruel morte de Píramo e Tisbe", que como o nome bem diz, contará a cruel morte de Píramo e Tisbe.

– Quem danado é Píramo?

– E o que ele tem a ver com Tisbe?

– E o que nós temos a ver com eles?

– E o que eles têm a ver com o casamento de Teseu e Hipólita?

– Vocês são mesmo ignorantes – se irritou Bobina. – Já está provado que temas com título grande como "Da chegada do primeiro navio negreiro, por mares nunca dantes navegados em terras do novo mundo, ao maravilhoso reino do afro-reggae" costumam impressionar o povo. Agora imaginem o impacto que a cruel morte dos pobres Píramo e Tisbe pode causar na platéia.

– E como foi a cruel morte de Píramo e Tisbe?

– Essa é a parte mais fácil. É só a gente pesquisar na Internet.

A busca acusou milhares de resultados.

Eles clicaram no primeiro da lista e viram aparecer na tela do computador uma linda pintura antiga e os detalhes da história.

"Vizinhos, porém nascidos em famílias rivais, Píramo e Tisbe podiam se ver por uma fenda no muro que separava as duas casas, mas não podiam se tocar. Loucos de amor, escaparam, numa noite de lua. Como sempre acontece em dramas como esse, o conflito foi criado em torno de um grande mal-entendido. Ao pensar que Tisbe fora trucidada por um leão faminto, Píramo se mata, e ao ver Píramo morto, Tisbe se mata também."

Bobina distribuiu os papéis.

– Eu faço o Píramo, Sanfona faz a Tisbe, Justinho faz o leão, Bicudo faz o muro, e Fominha faz o luar.

– E eu? – reclamou Quina.

– Você é o diretor artístico. Precisamos caprichar no visual das fantasias.

– Eu só não entendi uma coisa – Sanfona levantou o dedo. – Por que logo eu vou ter que me vestir de mulher?

– Porque você é o mais cabeludo.

– Assim já economizamos na peruca.

– Teremos uma Tisbe rastafári.

– Agora, o mais importante. Precisamos compor a música-tema do tema.

– Que tal uma coisa bem para cima?

– Para cima como, se a história é uma tragédia?

– A gente pode destacar a importância do buraco no muro, por onde o casal se falava, que é a parte mais alegrinha da história.

– Bem pensado.

– "Ê buraquinho ê, ê buraquinho á, emburaca daí que eu emburaco de cá!"

– Bem pensado.

Assim como Píramo e Tisbe se valiam de uma fenda no muro para se verem, Teia de Aranha, estrategicamente pendurada no telhado de zinco, aproveitava para assistir à reunião através dos buracos das telhas.

Teceu algumas observações e anotou as que lhe pareceram mais pertinentes.

* Nunca vira pior idéia do que comemorar casamento com tragédia de gente que se mata sem precisar ter se matado e duvidava muito que aquele dramalhão agradasse aos noivos.

* Se a idéia já era ruim, o resultado não poderia ser pior do que aquela música horrorosa.

Realmente, mal eles começaram a ensaiar, a barulheira era tanta que a fada até despencou lá do alto e caiu em cima de uma touceira, perto da janela, provocando um vento que balançou o barraco.

– Bem que o pessoal do terreiro mandou eu fazer uma limpeza aqui e uma obrigação para a alma da minha avó. – Bobina sentiu um calafrio.

– Vou-te! – falaram os outros.

– Não é melhor a gente ensaiar num lugar sem enguiço de alma penada?

– Que lugar?

– Que tal atrás do Matagal do Duque?

– Justamente onde o povo vai se agarrar escondido?

– Lá só rola energia do bem.

– Bem pensado.

* Atrás do matagal do duque – anotou Teia de Aranha.

OS PODERES DA CACHAÇA

O "Matagal do Duque" era um boteco de esquina cujo proprietário era conhecido em toda a Bahia como um sujeito enigmático.

Quem olhasse para Seu Biu ali, atrás do balcão, vendendo bebidas e tira-gostos, nunca imaginaria que aquele senhor monossilábico pudesse se transformar em outro quando estava alcoolizado.

Bastava uma "branquinha", que era como ele chamava sua cachaça predileta, e o humilde e simplório velhinho virava um verdadeiro gênio. Filosofava, vomitava erudições e escrevia textos, em prosa ou poesia, que tinham por destino uma velha gaveta abarrotada de papéis. Nessas horas, pedia que lhe chamassem de "Bill", com dois "eles", por uma questão de respeito.

Assim que o efeito da bebida passava, ele voltava a ser o velho e bom Seu Biu de sempre, aquele que dizia que não vendia fiado, mas sempre acabava vendendo.

Todo Carnaval, Seu Biu se fantasiava de poeta do século XVI e tomava todas. Era então que incorporava o seu pai-de-santo predileto e se orgulhava de ser expert em resolver questões sentimentais. (Ainda que ao resolver umas, criasse outras, pois é próprio das questões sentimentais não se acabarem nunca.) Quando estava manifestado, o velho falava uma língua diferente, enquanto fazia e desfazia mandingas. Diziam que ele era capaz de resolver qualquer problema em três dias, mas nem todos acreditavam nisso.

Além de cachaça e petiscos, Seu Biu vendia um retetéu chamado "Capeta", feito sabe-se lá de quê, que tinha fama de afrodisíaco. Ele jamais revelou os ingredientes da sua receita e todos tentavam imitá-la.

Em vão.

O Capeta de Seu Biu era imbatível.

O bar vivia lotado e, tão logo entenderam que ali era o point da moçada, os espíritos resolveram armar por ali a base do seu observatório.

Coincidência ou não, vez por outra Seu Biu derramava um tanto de cachaça no chão e se benzia: "Essa é para os espíritos!"

OS PODERES DO AFOXÉ

Quando não estavam ali pelo Matagal, os espíritos passeavam, observavam as pessoas e se divertiam.

Que mundo doido aquele.

Era nisso que Flor de Ervilha vinha pensando, distraída, quando viu Titânia dançando com um belo rapaz, no meio dos Filhos de Gandhi.

Susto ainda maior ela levou quando ouviu o que os dois falavam.

– A senhora vai me desculpar, mas é proibido mulher nesse bloco.

– Não faz mal. Ninguém pode me ver.

– Como assim se eu estou lhe vendo perfeitamente?

– Você só está me vendo porque eu resolvi aparecer para você.

– E é?

– E, acredite, não foi por acaso.

– Dá para explicar melhor?

– É o seguinte, moreno: eu sou uma fada.

– A senhora aceita um *Engov*?

– E, a partir de agora, você é meu pajem.

– Eu sou seu o quê, madame?

– Deixa para lá. Vem cá, vem.

A notícia se espalhou rapidamente entre os espíritos.

"Ah, quando Oberon souber...", era o que todos comentavam.

Quando Oberon soube, ficou possesso, é óbvio, o que deixou Puck preocupadíssimo com o desenlace da intriga, prevendo maldições, duelos, calamidades, atrocidades, bofetões e puxões de cabelo.

Ao cruzar com uma Fada clandestina que vinha toda feliz descendo a ladeira atrás de um bloco, o duende descontou sua raiva nela.

– Ô desgraça que é mulher!

Nunca sossegam o facho.

Sabe aquela sua Rainha?

Está para cima e para baixo,

Com um negão maravilhoso,

No maior lança-perfume.

Diz ela que ele é seu pajem.

Conversa para enganar marido.

Quer saber o resultado?

O meu Rei, não sem razão,

Diga-se aqui de passagem,

Ficou louco de ciúmes

E sobrou foi para mim.

Um patrão mal-humorado

É o fim de um criado.

Ele podia ter ficado ali reclamando pelo resto dos dias, ocupação bem mais agradável do que quebrar a cabeça com situação difícil, mas cabe aos acontecimentos acontecerem.

E eles aconteceram.

Mais uma vez, os personagens necessários para a evolução da trama apareceram no momento exato.

Com a chegada de Oberon e Titânia, a Fada deu por encerrada sua participação na trama e desapareceu prontamente.

Puck ficou por ali bem quieto, talvez porque soubesse que ainda seria requisitado para a cena seguinte.

O rei xingava e acusava, mas a rainha não perdia a pose.

– Ele não é meu namorado, é apenas meu pajem.

– Ou você é besta, ou está se fazendo passar por uma. É sabido que esse costume de colecionar pajens é peculiar às fadas, deuses ou reis, portanto as suas reais intenções para com o mortal são de outra ordem.

Mas ela insistia, ou porque era besta, ou porque estava se fazendo passar por uma, que a relação entre ela e o bonitão era apenas de pajem/ama, e, só para provocar mais um pouquinho, se gabava:

– Nunca fui tão bem tratada antes.

O clímax do debate se deu quando ele tentou um acordo de paz.

– Já que o indivíduo não passa de um pajem para você, eu proponho uma troca. Eu fico com o seu pajem, você fica com o meu e está tudo resolvido.

– Imagina se eu vou trocar aquilo tudo por essa porcaria desse Puck massacrando meus ouvidos!

E saiu a praguejar que Oberon sumisse da frente dela pelo resto da viagem, colocando um "por obséquio" na frase só para se passar por uma besta bem-educada.

OS PODERES DO CIÚME

Começou aí "a vingança de Oberon", responsável pelas confusões que se sucederam, elemento tão importante para o desencadear desta história que poderia até ser o seu título, não fosse "Sonho de uma noite de verão" mais leve e agradável.

O vingador, como de praxe, desejava o sofrimento da sua vítima. E nada poderia humilhar mais a orgulhosa Titânia do que sofrer apaixonada por alguém que não lhe quisesse, de preferência uma criatura desprezível.

A idéia era bem interessante.

Mas como poderia ser executada?

Depois de muito puxar pelo raciocínio, ele encontrou uma solução infalível, porém trabalhosa. Sendo assim, convocou logo o criado, e pediu a sua ajuda.

– Tenho duas ordens para lhe dar. Devo começar por qual?

– Que tal primeiro a primeira

E a segunda em segundo?

– Começarei pela segunda que, além de mais divertida, é também a mais fácil.

– Não importa a trabalheira.

Pode me pedir o mundo.

– Quero apenas um sujeito feio. Muito feio. Contanto que também seja burro.

– O senhor manda e eu sirvo,

Mas posso saber o motivo?

– Puro divertimento. Estou procurando um pretendente para novo amor de Titânia.

– Estou pasmo com o pedido.

O senhor quer ser traído?

Ainda mais por um asno?

– Isso não é da sua conta.

– Eu suponho que a Rainha

Jamais sentiria atração

Por um sujeito medonho

E ainda sem instrução.

– É aí onde entra o primeiro pedido. Escute só essa história que me aconteceu há pouco. É algo sensacional. Estava assim distraído quando vi Cupido disparar sua flecha, "com amor para matar cem corações", contra uma jovem que passava.

– Nada mais corriqueiro.

– Pois, pela primeira vez na vida, o Deus do Amor errou o alvo.

– Mas que péssimo arqueiro!

– Enquanto a mocinha, ilesa, continuava a cumprir o seu desapaixonado destino, a flecha fez um arco brilhante na negra noite, cruzando o céu da cidade, e atravessou o coração de uma flor, justamente um amor-perfeito.

– Oh, que cena comovente!

E o que tem a ver com a gente?

– Ora, Puck, que burrice! Qualquer fadinha iniciante sabe que uma flor atingida por uma flecha de amor fica encantada. E que o sumo dessa flor, se derramado nos olhos de alguém, pode provocar paixões terríveis pelo primeiro ser que o enfeitiçado encontrar na sua frente. Entendeu a minha tática?

– Entendi na teoria,

Falta entender na prática.

– Você vai imediatamente buscar o sumo da flor flechada, e eu fico aqui esperando. Quando você chegar, eu derramo a poção do amor nos olhos de Titânia, enquanto você me arranja o tal estúpido para que ela se apaixone por ele. Entendeu agora, seu otário?

– Vamos fazer o contrário?

O outro lado da cidade

Não fica assim tão perto.

O senhor vai, eu espero,

Sempre firme e solidário,

Prometo sentir saudade,

E rezar para dar certo.

– Você quer que eu quebre a sua cara ou prefere ir imediatamente?

O criado escolheu a segunda opção e saiu para buscar a encomenda.

Quando passou em frente ao Matagal do Duque e leu a placa: "Capeta do Duque – a melhor poção de amor da cidade – R$ 5,00", parou e pensou duas vezes.

– Eu sou mesmo abilolado.

Para que ir atrás de flor,
Flechada seja onde for,
Se a solução do problema
Pode estar aqui do lado?

Enquanto aguardava o criado, Oberon observava o movimento da rua.

No que viu uma moça e um rapaz se aproximarem, às turras, se tornou invisível para bisbilhotar mais à vontade.

Eram Helena e Demétrio.

Estarrecido com a notícia de que Hérmia iria fugir com Lisandro, ele preferia pensar que aquilo era calúnia. Graças a muita insistência, Helena conseguira arrastá-lo até ali para tentar provar que era tudo verdade.

– Eles mesmos me contaram.

– Mentira sua.

– Vão se encontrar atrás do Matagal do Duque.

– Ninguém mais foge hoje em dia.

– Não é romântico?

– Eu odeio quando você fala "não é romântico?"

– Toda vez que você se irrita eu te acho ainda mais lindo.

– Toda vez que você respira eu te acho ainda mais chata.

Se Demétrio realmente não acreditasse que estava prestes a ser, além de traído, abandonado, na certa não estaria tão enfurecido. O curioso, pensou Oberon, é que ele arremessasse seu ódio contra a portadora da notícia, como se as palavras fossem piores do que os fatos. E que Helena fosse ficando cada vez mais doce e apaixonada pelo rapaz, quanto mais ele era cruel com ela. Se ele pedia que ela parasse de segui-lo, ela afirmava que seus olhos só encontravam felicidade se ele estava por perto. Se ele ameaçava abandoná-la ali, sozinha na noite, ela rebatia que nunca era noite quando estava com ele. Que não poderia se sentir abandonada se ele era o mundo inteiro. Que para onde ele fosse ela iria atrás, pois junto do seu mundo inteiro não se sentiria sozinha.

Demétrio não se emocionou com nenhuma palavra dita por Helena, deu as costas e foi embora.

Ela foi atrás dele.

Oberon ficou revoltado com a cena: ele vaidoso, ela coitada, ela querendo, ele negando, ele mamífero, ela rabo.

Como podem ser tão humildes certos humanos, e outros tão impiedosos?

Quem dera que o jogo do amor terminasse sempre empatado e que a todos os seres, de todos os mundos, fosse dado o mimo de uma paixão correspondida.

No que o firmamento escutou a palavra "mimo", saída do pensamento de Oberon, Puck caiu do céu, trazendo uma garrafa.

– Eis a Poção do Amor!

– Foi fácil encontrar a flor flechada?

– Foi uma grande empreitada,
Um feito dos mais difíceis.

Lágrimas brotaram dos olhos do rei quando ele segurou a encomenda nas mãos.

– Ah, o amor! – suspirou.

– E, além de tudo, perfeito! – completou Puck, com a cara mais séria desse mundo.

Ao tirar a rolha da garrafa que continha o "sumo da paixão", o rei estranhou o cheiro.

– Mas isso é cachaça pura!

– O senhor ainda não sabia?
O amor é uma cachaça.
Enlouquece e até vicia.

– Estou achando esquisito. Nunca soube que flor tivesse perfume de álcool.

– Eu explico o acontecido:
Veja que coincidência.
Encontrei-me com Cupido

Que revelou seu segredo.

Nesse mundo evoluído,

Tudo tem sua ciência

Inclusive a magia.

Por isso, por garantia,

Cada flecha que o Anjo atira

Mergulha antes num vinho

– De alto teor alcóolico –

Que venha de bom vinhedo.

O resultado diabólico

É que a química amplifica

As forças da natureza,

Fazendo com que a vítima

Fique para lá de louca.

O detalhe é que isso arde,

Feito um limão azedo,

E por questão de piedade

– Para evitar caolho –

Não pingue nunca no olho

Derrame logo na boca.

Oberon estava tão excitado com a vingança que engoliu a mentira facilmente.

Chegou até a elogiar o perfume de cana e congratular Puck pela competência.

Em seguida, pediu outro recipiente ao criado, que encontrou por ali mesmo um copo descartável amassado e entregou-o ao seu amo.

Oberon desamassou o plástico, despejou parte do líquido no copo e o devolveu junto com a próxima ordem:

– Deixe Titânia comigo e vá procurar aquele rapaz vestido de grego que trocou de namorada. Ele humilhou tanto a pobre mocinha abandonada que merece ser castigado. Aproveite enquanto o grosseirão estiver dormindo para derramar em sua boca o sumo da paixão, tomando todos os cuidados para que a primeira pessoa que ele veja ao acordar seja a mocinha humilhada. Entendido?

Puck achou aquilo bobo, mas como ordens do rei são ordens do rei, lá se foi ele atrás do casal de mortais, munido do seu copo descartável, rezando para que a receita do "Capeta do Duque" daquele tal Seu Biu desse o resultado prometido.

SO QUICK BRIGHT THINGS COME TO CONFUSION."

(W.S.)

Ninguém sabe dizer o que Titânia, Semente de Mostarda, Mariposa e Flor de Ervilha beberam ou fumaram, o fato é que elas voltaram do Pelô muito loucas.

A rainha pediu uma canção de ninar.

As fadinhas se puseram a entoar uma fantástica cantiga povoada por "bois da cara preta", "Tutankamons" e "rouxinóis", talvez a primeira e quem sabe a única manifestação musical em estilo nana-axé-*lullaby* de que se tem notícia.

Finalmente, a canção cumpriu seu objetivo e botou todas elas para dormir.

Só então Oberon saiu do seu esconderijo.

Apreciou o cenário de fadas adormecidas.

Declamou uma espécie de abracadabra referente a paixões imprevisíveis entre mulheres e monstros.

Derramou mais um pouquinho.

Só um pouquinho mais.

E desapareceu.

Enquanto isso, Hérmia e sua bagagem chegaram ao Matagal do Duque, onde Lisandro já estava esperando há algum tempo.

– O pior defeito de mulher é se atrasar.

– E o pior defeito de homem é falar mal de mulher.

– Tomei bem umas cinco cervejas enquanto fazia hora.

– Você acha que é fácil fazer uma bagagem para o resto da vida?

– E você acha que vai ser fácil passar o resto da vida carregando essa bagagem toda?

– Se está achando ruim, desista enquanto é tempo.

E ela se afastou, e ele a puxou de volta, e a abraçou, e os dois se perdoaram, e se beijaram, e como o amor é lindo.

Apesar do amor ser lindo, ela não estava nem um pouco a fim de se arriscar na estrada com ele dirigindo embriagado. Por isso propôs que eles descansassem um pouco antes de ir, até que o efeito do álcool passasse. No fundo, ele achou ótimo. Estava tonto e exausto. Precisava mesmo dormir um pouco.

Procuraram um lugar onde pudessem descansar em paz, tarefa difícil devido ao auê que os circundava, e concluíram que não restava outra alternativa senão se juntar aos bêbados caídos na calçada.

Hérmia achava que se eles deitassem juntos, seus corpos não descansariam nunca. Por esta razão, sugeriu que se deitassem separados, mas não muito. Apenas o suficiente para que seus olhos não se vissem e deixassem quietos os desejos.

Lisandro caiu no sono na hora.

Ela, com olhos nas constelações e pensamentos no amanhã, também terminou dormindo.

Agarrados aos galhos do carvalho, como se folhas fossem, alguns elfos apreciavam a cena lá de cima, visualizando bem a disposição de cada peça, feito se faz nos jogos de tabuleiro.

* Um casal adormecido ali embaixo.

* Outro casal à solta, ali por perto.

* Uma rainha enfeitiçada ali do lado.

* Um rei sedento de vingança, ali de olho.

* O ensaio de um bando de malucos, ali nas redondezas.

* Um duende atrapalhado, com uma dita poção do amor em suas mãos, pronto para interferir na trama.

E iam e vinham, quase se encontravam, se perdiam, e quase de novo, e por um triz, e faltou pouco, num balé que obedecia ao vaivém costumeiro da sorte.

Do ponto de vista dos elfos, estavam ali estabelecidas infinitas possibilidades de desfecho.

Quiseram as contingências do destino que ocorresse o que ocorreu em seguida.

Puck chegou falando sozinho, lamentando a desgraceira. Já rodara ruas e ladeiras, vasculhando cada hera, e não encontrara o rapazinho que humilhou a companheira, fazendo por merecer o castigo que o rei lhe impusera. E, para piorar, sabia lá se a tal mistureba de 5 reais ia fazer o efeito de apaixonar alguém de fato, se paixão é sentimento do céu ou então de amor-perfeito?

Esperava que sim.

Ou corria o risco de perder o seu emprego.

Lá ia ele pensando nisso quando viu Lisandro, vestido de grego, adormecido na calçada, e a confusão se fez inevitável.

É no que dá avaliar os outros por fora, feito gente.

Tomando um pelo outro, Puck derramou na boca de Lisandro a poção que se destinaria a Demétrio, torceu sinceramente "tomara que funcione", e desapareceu dali.

E haja comédia de erros.

Há que se reconhecer que fosse lá quem estivesse tramando toda essa história, era portador de uma cabeça inventiva que não desperdiçava uma única oportunidade de fazer render conflito.

Pois neste exato instante, nem no passado, nem no seguinte, neste exato local, e não em outro, quem surge, de repente?

Demétrio e Helena, é claro.

E, coincidentemente, terminaram a discussão perto de Lisandro, porém, sem vê-lo.

– Nada deles. Satisfeita?

– De tanto você teimar que era mentira minha a gente acabou se atrasando e eles já devem estar longe.

– Para mim chega. Tou indo nessa.

– Não senhor! Eu só sossego quando lhe provar que sua queridinha ia fugir com outro.

– Desencarne, desembarre, desobstrua, desafaste, destrambelhe, desembeste, desemperre, desencrave, desengate, desatravanque de mim!

E antes de voltar para o circuito Barra/Ondina, que estava fervendo aquela noite, ele ainda mandou uma última.

– E, se possível, desintegre!

Daí se foi, ladeira abaixo, deixando Helena chorosa como sempre.

Só então ela viu Lisandro adormecido na calçada, sem Hérmia ao seu lado, achou aquilo estranho, e resolveu falar com ele.

O rapaz foi se acordando aos poucos, um ui, um ai, um dó, um tum.

Ouviu um tóin no juízo.

E despertou, alucinado, sem ter a menor idéia do que era aquele fogo lá dentro.

Viu Helena.

O efeito foi imediato.

Não é que a receita era mesmo poderosa?

Bendita "Capeta do Duque".

Lisandro estava completamente apaixonado e se pôs a declarar seu amor desbragadamente.

– Mas o que é isso que me deu aqui dentro de repente?

– Isso o quê, menino?

– Essa emoção, essa doidice, essa tontura?

– É bebedeira.

– Não é não. Isso é paixão.

– Essa Hérmia é uma sortuda. Todo mundo se apaixona por ela.

– Que Hérmia o quê? Eu estou louco é por você.

E já tentou se jogar nos braços dela.

Ao invés de se sentir honrada, a moça ficou até ofendida com aquilo que julgava ser uma infeliz brincadeira.

– Vá tirar onda da cara da sua mãe, seu palhaço!

Deu-lhe as costas, indignada, e saiu.

Ao modo dos apaixonados, e dos vira-latas carentes, ele foi atrás dela.

Seria impossível terminar o capítulo seis sem o esmero de primeiro acordar Hérmia para que ela procurasse por Lisandro, não o encontrasse, e a confusão se tornasse completa.

O fato é que ela acordou.

Procurou.

Não o encontrou.

E saiu desesperada, rua abaixo, gritando por ele.

– Agora danou-se! – riram-se os elfos.

CONFUSÃO POUCA É BOBAGEM

Teia de Aranha estava achando muito divertido aquele ensaio. Os componentes do bloco divergiam sem parar, enlouquecendo o pobre Quina, cada qual achando que sua opinião era a mais pertinente.

Fominha estava absolutamente certo de que o enredo escolhido, aquela cruel comédia cheia de matanças, tinha tudo para ser um vexame.

– Imagina quando Bobina, fantasiado de Píramo, pegar uma espada de isopor revestida de papel laminado e se matar, o ridículo que vai ser.

Sanfona sugeriu que fossem suspensas as mortes por serem as cenas que exigiam interpretação mais elaborada.

Bobina sustentava a opinião de que isso prejudicaria muito a história e propôs outra idéia.

– E se a gente começar o desfile anunciando que se trata de uma proposta pós-moderna? O pessoal vai achar o máximo.

– Bem pensado.

– E a nossa proposta pós-moderna consiste em desconstruir a história e desmistificar a lenda. Assim vendemos os defeitos como se fossem qualidades.

– Negócio de releitura está na moda.

– Isso. Dizemos que se trata de uma releitura.

– E acrescentamos um refrão dizendo que eu não sou Píramo, mas Zé Bobina vestido de Píramo, e que sou grande defensor da arte minimalista.

– O que é arte minimalista?

– Não sei. Mas acho que é uma boa desculpa.

O atento Bicudo observou outro detalhe.

– A platéia vai achar este leão horroroso.

– É só anunciar que a fantasia foi toda feita com material reciclado. Isso sempre comove os outros.

– E se em vez de Justinho vestir a máscara de leão, ele entrar com a cara dele?

– E fizer um discurso com cara de inteligente, antes do desfile?

– Sendo assim ele não pode entrar com a cara dele.

– Bem pensado.

– Quem precisa ter cara de inteligente é o discurso e não ele.

– E como é esse discurso?

– "Atenção, galera, ou senhoras e senhores, que fica mais respeitoso, não pensem que eu vim aqui para enganar ninguém, fingindo que sou o que não sou, logo eu, um homem

sincero e verdadeiro que luta pelo experimentalismo na arte
e acredito que..."

– Chega, ou Teseu e Hipólita morrem de velhos antes que ele
termine a explicação – pediu Quina.

– Ainda temos um problema. E o buraco do muro? É o tema
da canção!

– Basta que o ator que faz o muro fique lá com dois dedos
abertos, representando o buraco, e a crítica vai dizer que o
pós-moderno é feito de incoerências.

– Não entendi.

– Nem é para entender.

– Dou por começado o ensaio! – gritou o diretor.

Puck, ao longe, observando tudo, desconfiou que tinha encontrado vários candidatos a "pretendente de Titânia".

Maluco ali era o que não faltava.

Quanto ao "feio e burro", já tinha a solução.

Havia aprendido recentemente com um centauro um feitiço muito
gozado que consistia em transformar cabeças em coisas que
não combinassem com os respectivos corpos, e estava a fim
de experimentá-lo.

Bastava aguardar o momento ideal.

Assim que "Píramo" pediu um momentinho pra buscar uma
caipirinha ali na esquina, Puck aproveitou para executar sua

magia e fez aparecer uma cabeça de burro no pescoço do desavisado Bobina.

"Onde será que esse duende quer chegar?", Teia de Aranha se perguntou, lá no seu esconderijo.

E no que "Píramo" voltou, com o corpo de Bobina e uma cabeça de jumento, provocou tamanho susto nos presentes que todos fugiram correndo.

Sem noção nenhuma do motivo da correria, o rapaz cogitou que se tratasse de uma gozação com sua pessoa, e foi tirar satisfações com os colegas.

Todos foram descorteses.

Ou melhor, foram sinceros.

– Desculpa de arte pós-moderna tem limite, Bobina.

– Você está um verdadeiro monstro.

– Deus nos acuda.

– O júri com certeza vai dar zero no quesito figurino.

– E o povo todo vai falar que você ficou doido de vez.

– Isso lá é hora de perder tempo com piada? – Bobina perguntou com sua boca de burro. – Bem no meio do ensaio?

– Quem está de piada é você! – Quina se irritou. – E acabou o ensaio de hoje. Vamos ver se a gente ainda pega a última roda de capoeira da noite?

– Bem pensado.

Bobina ficou só com sua indignação.

"É nisso que dá se meter com gente burra. Se ninguém está nem aí para porcaria de ensaio, azar o deles."

E saiu cantando uma canção que estava compondo, cujo tema era aves em geral, parando aqui e ali para fazer apreciações críticas, como se os pintassilgos e cucos citados na letra fossem assunto de máxima importância.

Quando passou por onde Titânia dormia, acordou a rainha com o seu canto.

O plano de Oberon, executado por Puck, estava dando certíssimo.

– Que anjo me desperta do meu leito florido?

A primeira frase dita por Titânia, ainda sonolenta, fez Teia de Aranha temer pelas veredas sem juízo por onde se encaminhava a história.

– É comigo? – Bobina perguntou.

– Bonito, gostoso e com uma voz dessas?

– Eu?

– Continue cantando para mim, meu rapaz.

– A senhora gostou dessa do pintassilgo ou prefere uma mais animada?

– Tudo que vier da sua boca será bem-vindo. Inclusive beijos.

"A coroa deve ter enchido a cara", foi a dedução de Bobina.

Nada podia ser mais patético do que aquela cena: uma Fada apaixonada por um rapaz com cabeça de burro, ela dizendo bobagens de amor para ele, ele, sem entender nada, inventando desculpas para fugir da situação, ela suplicando que ele não a abandonasse.

Ao constatar que Titânia devia ter sido vítima de alguma trama armada por Puck, Teia de Aranha resolveu aparecer e tentar evitar a tragédia.

– Ô minha Rainha, a senhora ficou louca de vez? Que escolha mais desacertada! Nada pessoal contra esse Bobina. A questão é que ele desafina além da conta e diz obviedades pensando que são filosofias.

– Você apareceu em boa hora. Quero todo o meu séqüito reunido para servir ao amor da minha vida.

Teia de Aranha deu um grito chamando as outras três amigas.

Semente de Mostarda, Mariposa e Flor de Ervilha se levantaram ressacadas, sem a menor vontade de enfrentar serviço pela frente.

Quando foram inteiradas do que acontecera enquanto dormiam, decidiram, em conjunto, não participar daquele absurdo, e, num ato de rebeldia, resolveram permanecer invisíveis aos olhos do mortal.

O inesperado é que, apesar disso, Bobina as enxergou perfeitamente e ainda comentou:

– Engraçado a gente não ter se cruzado antes por aí. Vocês costumam baixar em que terreiro?

– Você é imortal? – perguntaram, assustadas.

– Sou não. Sou da umbanda.

Mesmo sem saber o que significava "umbanda", elas acharam melhor acatar as determinações da rainha. E as determinações da rainha eram que todas saltassem e dançassem, e trouxessem frutas, mel e cera, acendessem vaga-lumes, fizessem leques de asas de borboleta, tudo para agradar o cavalheiro.

Bobina não estava acostumado a ser assim tão bajulado.

Ficou cheio de si.

Orgulhoso.

Encantado.

Todo, todo.

Achou muito gozados os nomes das fadas que se apresentavam com reverências e mesuras, fez gracinhas para cada uma (que não viram nenhuma graça naquilo) e resolveu deixar acontecer para ver no que é que dava.

Deu-se que a fogosa Titânia levou todos para um recanto deserto e sabe Zeus o que lá eles fizeram.

Solto pelas ruas, atordoado com tanta mulher bonita, Oberon se divertiu o quanto pôde. Sua condição de espírito foi de grande valia para que ele se transportasse de um lado para outro, num abrir e fechar de olhos, visitando vários circuitos sem ter que enfrentar tumulto. Só assim conseguiu acompanhar os melhores momentos do Muvukê, do Muzenza, dos Amigos do Jegue, do Fissura e Traz a Massa e de outros blocos que não conseguiu decorar os nomes.

Chegou até a esquecer seu problema pessoal e tentar acompanhar a coreografia da galera, quando, no meio da passagem do As Kenga, caiu em si: "Mulher minha não fica solta por aí! Ó, Zeus, que terá acontecido a Titânia?"

Correu para o Matagal do Duque, ansioso por notícias, e encontrou Puck entusiasmado com os detalhes de sua façanha:

– Olha como sou esperto!

Revirei isso tudinho

E não vi sequer um monstro.

Quando fui passando ali,

O que é que eu encontro?

Um bando de batuqueiros

Fazendo grande alvoroço.

Esperei o momento certo

E peguei um rapazinho

Que combinou direitinho

Com a cabeça de jumento

Que lhe enfiei no pescoço.

O resultado de tudo
É que Titânia, enfeitiçada,
Acordou apaixonada
Justo pelo orelhudo.

O rei ficou satisfeitíssimo com o trabalho e lhe deu os cumprimentos.

– E quanto ao desaforado vestido de grego?

– Dormia feito um paxá,
Com sua cara de tacho,
Eu cheguei e então "pá!"
Atochei poção do amor
Boca abaixo até a goela.
E agora que eu não acho
Rima boa para "goela"?

– Se não fosse essa mania de falar rimado, você seria um ótimo criado.

– Muito obrigado.
Que tal donzela?

– Que donzela?

– Aquela
Que causou paixão no grego
É uma rima perfeita.
Agora só falta uma rima para "perfeita"
E uma outra para "grego".

No que Hérmia e Demétrio se aproximaram discutindo, Oberon comentou, surpreso:

– Parece pilhéria do acaso. Olha só quem vem vindo. Exatamente o grego e a donzela.

– Agora deu-se a miséria.

A moça realmente é ela,

Mas o rapaz não era esse!

Hérmia estava convicta de que Demétrio havia matado Lisandro e não parava de gritar.

– Assassino!

Engraçados os amantes.

Entre as muitas causas que podem explicar o desaparecimento repentino de um namorado, ela só conseguia aceitar que ele estivesse morto. Muito mais cruel seria constatar que Lisandro havia se apaixonado por outra mulher.

– Os mortais têm essa sorte

Podem colocar na morte

Toda culpa dos seus ais.

Demétrio estava aturdido.

Quer dizer que Helena falava a verdade? Hérmia ia fugir com aquele sujeito? E, para completar o desrespeito, ainda o acusava pelo sumiço do mesmo.

Ah, essa mania que as pessoas têm de arranjar culpado para tudo, e subverter os assuntos, e reverter os papéis, e distribuir importância às coisas de acordo apenas com seus próprios pareceres.

Justo ele, o traído, agora tinha que se explicar.

Não.

Não matara Lisandro.

Não.

Não sabia do paradeiro dele.

Não.

Nem queria saber.

Ela, experimentando o desespero dos abandonados, ainda pronunciou uma ou outra tolice, antes de sair, obstinada, a procura do desaparecido.

Tão logo Hérmia desapareceu na multidão, Demétrio se jogou no chão e caiu num sono profundo.

Se algum outro mortal ali presente tivesse prestado atenção à cena, certamente se perguntaria, "e isso lá é hora de dormir?", ou "como é que uma pessoa consegue dormir assim, traído, acusado injustamente e atormentado de agonia?"

Poderia se dizer simplesmente que se Demétrio não tivesse dormido nesta hora, estragaria o resto da trama.

Ou poderia se especular: "Foi coisa dos espíritos."

E no que se conferisse aos espíritos a responsabilidade pelo acontecimento, a incerteza permaneceria, uma vez que não

é próprio de espírito avisar "fui eu sim, e daí?", nem dar ex-
plicações quaisquer que sejam.

O criado não conseguiu controlar as gargalhadas quando viu
a cena.

Oberon ficou irado.

E haja rima para explicar o mal-entendido.

– Sei que errei

E não sou humano,

Portanto o engano

É inaceitável.

Mesmo assim,

Peço perdão,

Errei sim,

Mas sem intenção.

Eu jamais arriscaria

Um emprego tão estável

Por uma fugaz zombaria.

Os dois vestiam-se de gregos,

E eu só me enganei de rapaz!

– Em vez de me ajudar, você só me dá trabalho. Agora eu
vou ter que desfazer a confusão. Vá buscar a moça certa
enquanto eu cuido deste daqui. E se você não voltar em um
minuto, será demitido na hora.

Puck não esperou uma segunda ordem.

Oberon aproveitou os sessenta segundos que tinha para enfeitiçar Demétrio antes que Helena aparecesse. "Cinqüenta e seis, cinqüenta e sete, cinqüenta e oito," ia contando, enquanto abarrotava o rapaz da bebida.

Exatamente no sexagésimo segundo, Puck chegou avisando:

– Lá vêm a moça certa e o moço errado

Mas desta vez a culpa não é minha.

O cara está tão apaixonado

Que não pára de seguir a pobrezinha.

– Psiu! – o rei pediu silêncio.

Demétrio dormia, devidamente enfeitiçado, e só deveria ser acordado pela mocinha humilhada.

A confusão estava prometendo se tornar ainda mais engraçada, deduziu Puck.

Com a chegada destes dois, agora seriam quatro olhos encantados pela mesma Helena, os mesmos quatro olhos que ainda há pouco eram encantados pela mesma Hérmia.

Seria trágico?

Mas também foi cômico.

Lisandro tentava explicar sua paixão repentina.

Helena afirmava que não era cretina de acreditar naquela besteira.

Ele dizia que não sabia onde estava com a cabeça quando resolveu fugir com Hérmia.

Ela respondia que não sabia onde Hérmia estava com a cabeça quando resolveu fugir com ele, no lugar de ouvir o pai e ficar com Demétrio, um rapaz sério que não ficava por aí se divertindo a custa dos outros.

Ele sussurrava palavras de amor.

Ela berrava impropérios.

E eis que os gritos de Helena despertaram o encantado Demétrio, e quando ele a viu ficou completamente louco.

– Deusa, ninfa, maravilhosa, perfeita!

– Isso é comigo?

– Grande amor da minha vida, dona do meu coração, minha doce e linda Helena.

– Isso é piada?

– Isso é paixão!

– Ô inferno! Todo mundo agora resolveu me fazer de otária?

– Paixão como eu nunca tinha sentido antes.

– Fique na sua – interferiu Lisandro. – Foi você que preferiu Hérmia.

– Mudei de idéia. Pode fugir com ela para bem longe.

– Fugir com ela para quê se é Helena quem eu quero?

– Quando eu queria Hérmia você queria Hérmia. Agora que eu quero Helena você resolve querer Helena também.

É implicância?

– Fui eu que mudei de idéia primeiro.

– Mas é de mim que ela gosta.

– Mas eu gosto mais dela do que você.

– Duvido. Eu faço qualquer coisa por Helena.

– Eu faço mais.

– Eu morro por ela.

– Eu morro mais.

– Entendi! – Helena se meteu no meio dos dois. – Cada um resolveu dizer que me ama só para fingir que eu sou uma pessoa digna de ser amada, me empurrar para o outro, e então ficar com Hérmia sem nenhuma concorrência!

– Falou no diabo ele aparece.

– Era só o que faltava.

– Essa aí não morre tão cedo.

Bobagem dos mortais se espantarem com a chegada de Hérmia.

Qualquer um que estivesse acompanhando o que aconteceu até aqui já teria desconfiado que o responsável pelo destino daquela gente estava armando tudo para que esse encontro acontecesse.

Ou ele lá seria besta de perder esse glorioso episódio?

Agora eram os mesmos dois casais, com o triângulo amoroso trocado.

– Homem não tem um pingo de estabilidade emocional – alfinetou uma fada.

– Como se mulher tivesse – rebateu um elfo.

Hérmia já chegou irritada com Lisandro porque ele a abandonara lá dormindo. Quando descobriu que o motivo do abandono era outra mulher, pior ainda, era Helena, a irritação virou fúria. E quando descobriu que Demétrio também estava apaixonado por Helena, a fúria virou problema de ego, algo que pode ser mais perigoso do que a raiva, a peste, a cólera e outros males variados.

A virada de casaca repentina dos dois rapazes tornou rivais as duas amigas.

Contavam-se ao todo, então, quatro rivais entre si.

Os desaforos, ofensas e palavrões zuniam pelos ares, a ponto de já não saberem mais a quem eram destinados, o que pouco importava naquelas circunstâncias, visto que todos insultavam e todos eram insultados.

Helena não conseguia crer que aquilo tudo não passasse de uma gozação com a cara dela.

Hérmia não cansava de repetir "diabo de carnaval pra virar a cabeça do povo!".

Lisandro e Demétrio disputavam o direito de amar Helena, aos gritos, até que resolveram disputar à tapa e saíram para brigar "ali na esquina".

No que os dois saíram, as duas foram atrás, tentar apartar a briga, Hérmia temerosa pela integridade física de Lisandro, e Helena pela de Demétrio, mas como mulher é boba, meu Pai Ogum, saravá, e sua espada de ouro.

Pobre Oberon.

Já não bastasse ter os próprios problemas amorosos, agora tinha se envolvido nos dos outros. Não é de se estranhar que tenha ficado tão chocado com a barafunda que acabara de assistir.

– Você estragou tudo, seu pateta!

– Tudo no mundo tem conserto.

O Rei pode ficar certo

Que a emenda vai sair

Bem melhor do que o soneto.

– Do jeito que os seus sonetos são ruins, bem melhor ainda é muito pouco.

– Confie em mim!

Eu não sou louco!

– E o que é que você vai fazer para resolver a questão?

– O que o senhor quiser,

Com minha habitual servidão.

– Então eu quero um feitiço: apague a luz da Lua.

– Só isso?

– Em seguida cubra a noite de fumaça. A escuridão somada à névoa impedirá que os rapazes se enxerguem, impedindo a briga. Aí você vai e coloca todos eles, inclusive as moças, em sono profundo.

– Serviço vagabundo.

– Agora vem a melhor parte: vá pedir a Cupido o antídoto da poção do amor e pingue nos olhos de Lisandro para que ele esqueça Helena. Quando finalmente eles acordarem, Lisandro apaixonado por Hérmia e Demétrio por Helena, acaba-se este troca-troca, tudo vai dar certo e os casais vão pensar que tudo foi um sonho.

– Esse pedido é tão besta

Que vai ser até enfadonho.

– Exijo tudo consertado antes que chegue a aurora.

– Lá vai Puck sem demora.

– Enquanto isso eu aproveito que Titânia está maluca, vou ali correndo e roubo o pajem dela.

– E não vai nem me desejar boa viagem?

Não.

Oberon não desejou boa viagem.

Estava apressado demais para tirar de circulação o moreno de Titânia.

REALIDADE OU FANTASIA?

Puck dizia sempre, para quem quisesse ouvir ou não, que a Imaginação era sua mãe e seu pai era o Imprevisível.

Quando começava com esta lengalenga, sempre se dava bem com as palavras rimadas em "ão", o que era tarefa fácil, porém guardava na manga algumas palavras como acessível, compatível, ou incrível, para rimar com o nome do pai, respeitosamente. Antes de dar início aos trabalhos, pediu coragem ao pai, à mãe e, por garantia, a Oxalá.

Como é que ele ia apagar a Lua, cobrir a noite de fumaça, conseguir que todos dormissem, encontrar Cupido àquela hora e trazer o tal antídoto, tudo isso em tão pouco tempo?

Botou a cabeça para funcionar, mas não encontrava saída.

Começou então a achar que aquele era o seu fim, que decepção!, quem diria que ele ia acabar de modo tão trágico, logo ele, o espertalhão que se julgava o único ser capaz de resolver qualquer problema do Universo.

Entrou no Matagal do Duque decidido a encher a cara e esquecer a derrota, ao modo dos desiludidos.

Para seu espanto, o dono do estabelecimento o enxergou com nitidez absoluta, assim, como se ele fosse gente.

– Boa-noite, forasteiro. O que é que o senhor deseja?

– Meu desejo é a embriaguez
Mas como estou sem dinheiro
Fica pra uma outra vez.

– Vá lá que seja. Eu digo que não vendo fiado, mas sempre acabo vendendo.

Seu Biu foi até a prateleira, escolheu uma garrafa azul com rótulo antigo, serviu quatro doses, três para si próprio, uma para o cliente, entornou as suas numa velocidade surpreendente e logo se manifestou.

– "So quick bright things come to confusion."

– Não entendi.

– Pelo visto o amigo se meteu numa enrascada.

– Quem lhe disse?

– Os santos.

– Que santos?

– Como é mesmo o seu nome?

– Puck e o seu?

– William Shakespeare, muito prazer.

Como já havia cruzado com um Elvis, três Condes Drácula, duas Cleópatras, um Napoleão, um Lampião, um E.T., dois

Michael Jackson, um Fidel Castro e uma infinidade de caveiras pela rua, Puck não acreditou que estivesse frente a frente com um Shakespeare autêntico.

– Pensou que ia me enganar?

Cometeu um grande engano.

Por trás desta fantasia,

Eu não sei quem é que está.

Só sei que não é Shakespeare

Que já morreu faz muitos anos.

– Se eu estou dizendo que eu sou eu é porque eu sou eu, ora.

– Um falsário!

Um embusteiro!

Salafrário!

Biriteiro!

– Quanto à última acusação, realmente não posso negar. Só consigo incorporar no camarada aqui quando ele já está para lá de bêbado.

– Fosse o senhor o verdadeiro Bardo,

Aquele dos versos perfeitos,

Seria eu um felizardo,

Eu que nem sei rimar direito.

– O espírito é meu, William Shakespeare, escritor, poeta e dramaturgo. O corpo é deste pobre diabo. Mas você acredita se quiser. Por mim, não faz diferença.

– Para crer em sua palavra,

Peço prova mais concreta.

Sentenças da sua lavra.

Eu começo, você completa:

"Ser ou não ser?..."

– Isso varia muito de pessoa para pessoa.

– "Eis a questão!", seu dramaturgo disfarçado!

Qualquer criança pequena sabe isso decorado.

– Eu também sei. Só estava tentando me aprofundar no tema.

– Típica desculpa amarela.

Coisa bem de vigarista.

Eu vou lhe dar mais uma oportunidade

E, de bondade, ainda vou dar uma pista:

Trata-se de uma região fria e bela.

"Há algo de podre no reino da...?"

– Você conhece algum lugar no mundo onde não haja algo de podre hoje em dia?

– Última chance, senhor William.

Se não quiser passar vexame,

Então vê se não me erra:

"Existem mais coisas entre o céu e a Terra..."

– Para ficar aqui horas a fio filosofando a respeito de coisa por coisa que existe entre o céu e a Terra, só se eu fosse um desocupado.

– É mesmo um impostor!

Está provado.

– Se eu fosse um impostor, como é que estaríamos conversando, se gente normal não enxerga você?

– Nada mais rotineiro

Do que um espírito de porco

No corpo de um cachaceiro.

– Não quer acreditar, dane-se. Eu vou entornar mais uma.

– Digamos que você seja Shakespeare

Com problemas de memória.

Você realmente me ajudaria

A resolver essa história?

– Só se você parasse com essas suas rimas tenebrosas.

– Acordo aceito na hora.

Prometo a partir de agora

Que só vou falar em prosa.

– Então vamos lá. Pode me chamar de Bill.

– Ainda bem que eu não preciso mais rimar, já que no momento só me ocorre uma pornografia.

Foi preciso muita prosa para explicar para um bêbado algo que já seria complicado para um sóbrio.

Primeiramente, Puck fez um apanhado geral da situação que ele e seus companheiros haviam encontrado ao chegar na

Terra, do desentendimento entre o rei e a rainha das fadas, e da besteira que fizeram ao se meterem nas vidas de Hérmia, Helena, Demétrio e Lisandro.

Confessou que enganou Oberon, e em vez de usar os métodos dos deuses para reorganizar os pares, entupiu os pobres amantes da receita duvidosa daquele boteco de esquina.

Contou ainda que se enganou de rapaz, e por conseqüência, sob efeito da porcaria da droga, os desejos dos casais ficaram todos loucos.

Agora Demétrio e Lisandro deviam estar se matando por causa de Helena, enquanto Hérmia estava desemparelhada.

Além de evitar a tragédia, e apagar da memória dos mortais aquele fuzuê todo, também lhe deram a incumbência de redistribuir os casais da forma que agradasse aos quatro. Mas ainda tinha mais problema pela frente.

Como precisou arranjar um monstro para ser o novo apaixonado de Titânia e não achou nenhum no caminho, transformou um infeliz lá em cabeça de burro e a rainha caiu feito uma tola. Será que para a tal poção chamada "Capeta" haveria algum antídoto?

– Uma coisa de cada vez, meu caro Puck. Deixa eu raciocinar um pouquinho? Vou ali buscar outra lapada para ver se eu me inspiro.

E tome cana, e pensamento, e mais cana, e o tempo ia passando, e Puck já estava inquieto.

– Daqui que você arranje um jeito de resolver os problemas, Lisandro e Demétrio já se trucidaram!

– O jeito eu já arranjei. Estou pensando é no estilo.

– Não temos tempo para isso.

– A forma, em alguns casos, pode até inspirar o conteúdo da obra.

– Vai da forma que for e já está ótimo.

– É que eu não queria me utilizar do recurso da magia.

– Por que não?

– Muito fácil. Mais rico resolver tudo no raciocínio.

– Conversa fiada de quem não sabe o que fazer e quer dar uma desculpa.

– Precisamos organizar os pares.

– Isso.

– E fazer com que os amantes pensem que tudo isso foi um sonho.

– E aí?

– E aí passamos para o casal de reis.

– Sim e cadê?

– Espera aí que eu vou ter uma idéia.

– Ô homenzinho demorado!

– Calma que eu já estou tendo.

– Obrigado, senhor metido a Shakespeare. Deixa que eu vou lá resolver antes que meu amo me esfole.

– Tive!

– Jura?

– Vamos começar pelos rapazes. Cadê eles?

Lisandro e Demétrio já tinham se engalfinhado e foram apartados pelos PMs.

Helena e Hérmia, exaustas e desgrenhadas, já não sabiam o que fazer.

O bêbado conseguiu atravessar a multidão que havia se formado para ver a briga e se apresentou à polícia.

– Muito prazer, William Shakespeare. Os senhores podem deixar todos comigo que se tem uma coisa que eu gosto é de conflito.

– O senhor está doido, Seu Biu?

– Deve estar manifestado.

– Vai ver entornou todas e incorporou.

– Ainda bem que policial geralmente respeita nome americano.

– William Shakespeare não é americano, seu ignorante.

– Ignorante é a...

– Vamos ali no Matagal tomar uma e conversar um pouco? – Seu Biu propôs, antes que os quatro reiniciassem a discussão. – A primeira rodada é por conta da casa.

Enquanto o dono do estabelecimento foi buscar os aperitivos, eles procuraram uma mesa vaga e se acomodaram, os garotos de um lado, as garotas do outro.

Com ar de gente erudita, Seu Biu ocupou a cabeceira e foi direto ao assunto.

Enquanto discorria sobre "o amor, alado e cego, tão potente, asas sem olhos, pressa imprudente..." tomou o cuidado de manter os copos dos ouvintes sempre cheios.

Já estavam todos para lá de ébrios quando ele chegou à conclusão da sua palestra.

– O que eu quero dizer, em síntese, é que esse negócio de se apaixonar é uma doidice.

Puck assistiu a tudo, quieto.

Contou quatro garrafas de cana sobre a mesa.

Flagrou pernas se roçando em pernas por debaixo da mesma.

Testemunhou muitos cruzamentos de olhares.

Presenciou Hérmia dizer, entre soluços bêbados:

– Seu Biu tem razão. O amor é... Ele disse que o amor era o quê mesmo?

Percebeu que Lisandro estava um tanto esverdeado quando perguntou:

– Será que se eu pedir um acarajé eu melhoro?

Gostou de ver Helena se alegrar.

– Quer saber de uma coisa? Só quem não tem juízo chora por causa de homem por mais de uma semana, duas, no máximo.

Riu quando Demétrio concluiu:

– Seja o que Deus quiser. Afinal, é carnaval, gente.

Registrou na memória: "pesquisar o que é carnaval".

Perguntou-se se carnaval seria aquilo: os quatro ali, abraçados na multidão, ensaiando aquela estranha dança, pernas para lá, braços para cá, uma abaixadinha, obedecendo aos comandos da música que tocava.

Então gargalhou ao ver Lisandro passar mal e botar os bofes para fora. Sentiu enorme alívio na hora em que os quatro, devidamente embriagados, finalmente caíram azoretados na calçada. E formulou várias suposições até chegar a esta: a questão, ao seu entender, é que sendo ou não sendo Shakespeare, o doido do Seu Biu bem que tinha os seus talentos.

– Tudo resolvido. Esses aí vão acordar com uma ressaca tão grande que não vão se lembrar de nada!

– Tudo resolvido o quê? E se Demétrio e Lisandro acordarem apaixonados por Hérmia de novo e a desgraçada da Helena sobrar outra vez?

– Aí é onde entra a minha manha.

E então o dito Shakespeare se aproximou dos quatro jovens que dormiam profundamente, e se pôs a ajeitá-los com cuidado.

Puxou Hérmia para cima de Lisandro.

Entrelaçou os quatro braços e as quatro pernas.

Levantou um pouco a saia dela.

Carregou os outros dois para o outro lado da calçada, arrastando-os pelos pés.

Daí aconchegou Helena sobre o peito de Demétrio e cruzou os braços dele em torno dela, numa terna composição, com as duas bocas bem próximas. Arrumou os cabelos da moça.

Teve o capricho de aplicar-lhe um batom e um perfume, para que ela acordasse mais passável.

Por último, pôs uma garrafa de cana na encruzilhada.

– Essa é para a Pomba-Gira.

– Até que você não é burro!

– Então vamos para a outra trama?

SOBRE FEITIÇARIA, DRAMATURGIA E OUTROS RECURSOS

Titânia formulava requintadas declarações de amor, como se Bobina tivesse condições de compreender tanto lirismo.

Ele, por sua vez, exigia cada vez mais regalias de homem amado.

Pedia a Flor de Ervilha que lhe coçasse a cabeça.

Solicitava que Semente de Mostarda ajudasse Flor de Ervilha em sua função, visto que ele havia se tornado muito peludo de repente, e aquilo coçava que era um inferno.

Determinava que Mariposa cantasse músicas divertidas.

Ordenava a Teia de Aranha que trouxesse bagos do mais puro mel das abelhas vermelhas, e outras invencionices que ia roubando do repertório romântico de Titânia.

Elas bem que tentavam agradar, apesar de não engolirem muito aquele novo amo, mas ficavam irritadas mesmo era quando o casal vinha com aquele nhem-nhem-nhem patético:

– Amorzinho está com fominha?

– Com fominha e com soninho.

– Fadas, tragam comida para Amorzinho.

– E Amorzinho quer comer o quê? – as quatro perguntaram em coro.

– Engraçado. Eu gostava tanto de moqueca, com muita pimenta, mas hoje só tenho vontade de comer capim, forragem, aveia seca e feno.

– Vão logo, meninas! Amorzinho não gosta de esperar.

E, assim, as fadinhas não tinham um minuto de descanso.

Depois de se empanturrar de pasto, o Cabeça de Burro adormeceu, aconchegado nos braços de Titânia.

Ela ainda ficou horas contemplando o focinho do namorado, com olhos de quem aprecia um príncipe encantado, antes de cair no sono.

– Agora! – Semente de Mostarda esfregou as mãos.

– Alguém tem alguma sugestão? – Flor de Ervilha bateu as asas.

– Diz que o "Dodô e Osmar" está animadíssimo. – Teia de Aranha soltou os cabelos sobre os ombros.

– Vamos logo que eu não descanso enquanto não aprender direitinho como é que se dá aquela "abaixadinha". – Mariposa foi voando na frente.

Oberon observava Titânia e Bobina dormindo, quando o criado chegou acompanhado.

– Oberon, Biu, Biu, este é o meu patrão.

– O famosíssimo rei dos Elfos?

– E como é que você consegue me ver, se eu estou invisível?

– Estamos na Bahia, meu rei. Por aqui acontece de tudo. O povo tem um santo forte.

– Ô, Puck, você parou de rimar de repente?

– A pedido do meu novo amigo.

– Gente, que sorte!

– Sem rimas? – Seu Biu estendeu a mão para Oberon.

– Sem rimas. – Os dois se cumprimentaram educadamente. Antes que iniciassem qualquer tipo de conversa que pudesse esclarecer como havia conhecido seu novo amigo, Puck deu para bombardear o patrão com perguntas.

– O senhor conseguiu roubar o tal do pajem?

– Simples e rapidamente. Titânia implorava o amor do jumento. Ele, burro que é, fazia doce. A agonia dela era tanta que já nem pensava mais no pajem. Bastou que eu lhe pedisse o moreno, e ela me disse, "pode ficar com ele", sem pensar nenhum minuto.

– E cadê ele que sumiu?

– Despachei para o Olimpo. Acaba de ser levado por uma fada que estava perdida na multidão e que, diga-se de passagem, adorou a incumbência.

– Sinceramente, eu achei essa solução muito simples – queixou-se Seu Biu. – Justo o personagem que desencadeou toda essa tensão dramática me desaparece assim, de repente, levado por um personagem caído do céu? Eu gostaria de ter acompanhado a ação inteira.

– Não ligue para ele, patrão. O camarada é todo metido a entender de dramaturgia.

– Não ligo mesmo – continuou Oberon. – Só consigo pensar na minha rainha. Não agüento mais ver Titânia se humilhar desta maneira. Você esteve com Cupido? Trouxe o antídoto?

– Tivemos uma conversa, eu e Biu, e achamos por bem tomar um outro rumo para solucionar a embrulhada.

– Nada contra o fantástico, que já nos forneceu belíssimas obras, mas neste caso específico, optamos por um tom mais realista.

– Viu como meu amigo fala bonito?

– Só não entendi a proposta. Como é que vocês pretendem fazer Titânia esquecer esse asno?

– Enfiando-lhe bebida adentro, até ela ficar tão ébria que não se lembre de mais nada ao acordar – Puck explicou.

– Cientificamente falando, vamos induzi-la a sofrer de amnésia alcoólica, síndrome que se manifesta em indivíduos intoxicados, bloqueando a memória de episódios ocorridos enquanto o mesmo estava sob efeito da droga – acrescentou o sábio velho.

– Assombroso! – exclamou Oberon. – Só espero que a cachaça seja tão eficaz quanto a magia.

– Eu que sou *expert* no assunto, embebedo a rainha, enquanto, em ação paralela, Puck desenfeitiça Bobina, para que este siga seu caminho e a trama evolua.

Ao ver o casal tão abraçado que mal se podia distinguir a qual deles pertencia cada braço e cada perna, o duende constatou:

– O mais difícil vai ser separar os dois.

– Deixa comigo que isso é serviço para marido.

De fato, Oberon apartou a mulher do amante com uma facilidade surpreendente.

A parte seguinte do plano foi logo executada por Seu Biu, que encheu uma bisnaga de lança-perfume de cachaça e deu de beber a Titânia como quem alimenta uma criança.

– Está pronta. É toda sua.

– Quem diria que eu haveria de gostar de possuir uma cachaceira?

– Espere um pouco para que o álcool penetre na corrente sanguínea antes de acordá-la. Enquanto isso eu vou ajudar Puck com o jumento.

A ajuda do amigo veio mesmo em boa hora.

Ao lado do Cabeça de Burro, Puck estava confuso.

– Penso que isso vai ser meio impossível. O senhor que se considera tão letrado quer fazer o favor de me explicar como desfazer um feitiço de forma realista?

– Boa pergunta.

– Boas perguntas exigem boas respostas.

– Que por sua vez exigem boas idéias.

– O senhor tem alguma na manga?

– Isso é uma catacrese?

– Uma cata o quê?

– Grande idéia! Que tal nos valermos de uma figura de linguagem?

– Como assim?

– Você faz a mágica escondido e relatamos do nosso jeito.

– Por exemplo?

– Podemos nos utilizar de uma metáfora: "Enfim recuperado, Bobina retomou o trem de sua existência." Ou de uma sinédoque: "A boca despertou num bocejo e descobriu ser a mesma boca de sempre." Ou de uma hipérbole: "O fato é que ele acordou tão irritado que até perdeu a cabeça." Ou de um paradoxo: "O rapaz se levantou, como se rapaz sempre tivesse sido, e foi tocar a vida normalmente." Ou de um anacoluto: "E eis que ele, como é louca a vida!, agora o enxergávamos como antes." Ou de uma anáfora: "Novamente o velho Bobina. Novamente suas velhas qualidades. Novamente seus velhos defeitos. Novamente sua velha forma humana." Ou ainda de uma elipse: pulamos esse pedaço e já cortamos para ele com cabeça de gente.

– Não é enganação?

– Que seja. Desenfeitiça logo o homem que essa parte já está virando uma barriga na história.

– Isso é uma metáfora?

TÉ PARECE QUE FOI SONHO

Como nos contos de fadas, o rei levou a rainha adormecida nos braços e a despertou com um estonteante beijo.
No que abriu os olhos, ela pediu logo um copo d'água.
– Um copo não. Uma garrafa! Acho que exagerei na bebida. Até sonhei que era apaixonada por um jumento!
– Nem me conte que eu morro de ciúmes.
– Cuida de mim, amor. Sua rainha está carente.
– A minha Titânia de sempre!
– Onde estão os outros?
– Por aí.
– Minhas fadas?
– Escaparam e devem estar na farra.
– E Puck?
– Resolvendo umas questões que ficaram pendentes.
– E aqueles quatro perturbados que sempre queriam o par alheio?
– Já está tudo providenciado para que eles se ajeitem. Assim teremos um final feliz para todo mundo.

– Meu rei!

– Não fala assim que até me sobe uma coisa.

E o rei e a rainha das fadas desapareceram abraçadinhos, na floresta de estandartes coloridos, encantados como sempre.

– Vamos logo acordar os amantes e ver se eles esqueceram tudo?

– Calma! Um suspensezinho sempre vai bem. Deixa eles acordarem na frente dos outros personagens e só então descobrimos se eles caíram na artimanha.

– Que personagens?

– Raciocine um pouco, Puck. Quais são os outros personagens do núcleo dos mortais?

– Tem mortal demais por aqui, rapaz. Como é que eu posso saber os nomes de todos?

– Eu estou falando apenas dos mais significativos. Os que têm função no enredo e merecem ter seus nomes destacados.

– E eu sei?

– Os que estavam presentes na apresentação da história, onde foram estabelecidas as situações-chave.

– Ah! Tem o pai de Hérmia, que queria que ela ficasse com Demétrio, tem Teseu, que se meteu no que não era da sua conta, tem também a noiva dele, e tem ainda um lá chamado Filóstrato.

– Alguns tiveram boa participação na trama. O casamento de Teseu e Hipólita serviu de pano de fundo aos acontecimentos, e o velho Egeu foi quem causou todo o conflito romântico. Não lhe parece claro que está na hora de eles aparecerem de novo?

– Realmente andam um pouco sumidos.

– E qual seria uma boa motivação para a volta deles?

– Que tal pular direto para o casamento?

– E perder os amantes acordando na presença de todos? Poderia dar uma ótima cena.

– Sendo assim, temos que juntar todos.

– Exatamente. Falta uma idéia.

– Uma idéia.

– Boa.

– Boa.

– E convincente!

– E se eles aparecerem indo caçar? Os três podiam entrar com cães de Esparta, indo para a celebração do "Rito de Maio". Não lhe parece interessante?

– Idéia bonita, mas um pouco descabida. Estamos em fevereiro, século XXI, Salvador, Bahia, Brasil, América do Sul. O que faríamos com cães de Esparta neste cenário tropical?

– Pensei numa coisa que junta tudo. Eles podem estar indo ver o desfile do qual Bobina vai participar e encontrar os amantes no caminho.

– Pelo menos a gente muda de parágrafo.

– Eu ainda vou ser um gênio da dramaturgia.

Só então Bobina despertou do reino dos absurdos.

– Vamos ensaiar, galera! Eu quero ganhar esse prêmio nem que... Ué? Cadê a galera? Quina! Bicudo! Justinho! Sanfona! Fominha! Engraçado. Essa palavra "fominha" me lembra alguma coisa. Algo relacionado a capim? Um sonho! Foi isso. Eu sonhei que era... Que estava... Que ia... Que vergonha! Tanto faz, como tanto fez. Ninguém viu, ninguém soube, o sonho foi meu e eu conto como quiser. Nem vou contar para ninguém, que eu não sou besta. Vou é compor uma música e fingir que a inspiração foi toda minha. "O sonho de Bobina." E se eu começar a compor logo, talvez dê tempo de cantar no encerramento do desfile. Vai estourar nas rádios. Eu vou ficar famoso! Só preciso de um assessor de imprensa. E de um bom empresário. E de um patrocinador. E de um captador de recursos. E de um amigo influente. E de uma pulseirinha amarela para poder entrar num camarote daqueles e encontrar esse tal amigo. Se bem que a essa hora todo mundo deve estar com todas as atenções voltadas para o desfile. O desfile, meu Deus! Precisamos ensaiar. Quina? Bicudo? Justinho? Sanfona? Fominha? Por que será que eu não paro de arrotar um gosto de feno?

Daí saiu pela madrugada, procurando os amigos em cada bêbado caído pela rua, enquanto compunha sua música na cabeça.

Lá no barraco que servia como local dos encontros, Quina, Bicudo, Justinho, Sanfona e Fominha praticavam sua mais divertida forma de lazer: discordar.

Os dois primeiros achavam que o irresponsável do Bobina devia estar enchendo a cara por aí.

Os outros estavam preocupados.

– Ele pode ter sido assaltado.

– Sabe quantos assaltos já foram registrados só no carnaval desse ano?

– Não sei quantos.

– Uma barbaridade.

– Podem ter matado ele.

– E cortado em pedacinhos.

– Quer apostar que ele arranjou uma morena e está se divertindo?

– Pode ter sido uma loura.

– O fato é que sem ele, não temos Píramo, nem desfile.

– Nem o dinheiro do prêmio.

– A não ser que a gente tire o personagem de Píramo.

– E Tisbe vai se matar por que razão?

– Depressão.

– Angústia.

– Síndrome do pânico.

– E em vez de dividir o dinheiro do prêmio por seis, a gente divide por cinco.

– Bem pensado.

A porta do barraco se abriu e Bobina entrou, com sua costumeira cabeça dura.

– O desfile já vai começar, sabiam?

– E agora?

– Estamos atrasadíssimos.

– A culpa é sua, seu Bobina.

– Quem mandou você sumir esse tempo todo?

– Vamos parar de discutir e começar o ensaio?

– Bem pensado.

– Todos nos seus lugares.

– A gente vai arrasar.

– Vocês precisam ver a música que eu compus pra encerrar o desfile.

– É frevo?

– É rock. Intitula-se *O Sonho de Bobina*.

Penduradas no telhado de zinco, Teia de Aranha, Mariposa, Semente de Mostarda e Flor de Ervilha espionavam o ensaio pelos buracos das telhas.

– Eu acho que ele ficava mais bonito com a cabeça de burro.

– Implicância sua. Ele não é de se jogar fora.

– Nenhum dos seis é de se jogar fora.

– Na atual conjuntura, a essa hora da noite, ninguém é de se jogar fora.

– Está todo mundo aproveitando a alegria.

– E a gente aqui trabalhando.

– Isso não é justo, é?

– Nem um pouco.

– Que tal nos tornarmos visíveis, nos vestirmos de gente, e sair por aí só para ver como é?

– Eu vou me vestir de mulher bonita.

– Quanto menos roupa melhor.

– Então é melhor irmos vestidas de fadas mesmo.

– Para onde?

– Bem que nós podíamos sair no bloco dos rapazes.

– Resta saber se eles topam.

– Até parece que você não conhece homem.

RECONCILIAÇÕES E ALIANÇAS

Tocaram as alfaias.

Entraram em cena Teseu, Hipólita, Egeu e séqüito.

O séqüito, neste caso, era formado por bajuladores do poderoso velho e do famoso casal, além de repórteres, fotógrafos e curiosos.

– Chamem os PMs. Avisem o pessoal da televisão. O desfile dos blocos já vai começar.

– Tomara que esse desfile preste – observou Hipólita. - Ano passado, eu só gostei daquele, daquela história grega... Ou romana? Como é que era? Eu lembro que o Hércules era quase um deus. E o Cadmo, então, minha Nossa Senhora!

– E quem é aquele casal ali dormindo na calçada?

Egeu colocou os óculos e ficou desesperado quando enxergou, com nitidez, a resposta para sua própria pergunta.

– É a teimosa da minha filha agarrada mais o desgraçado do Lisandro. E o que é pior: na vista desse povo todinho!

– Mas eu já não tinha decidido que era melhor ela ficar com Demétrio? – protestou Teseu.

Só então avistaram o segundo casal do outro lado da rua.

– E não é que o desavergonhado do Demétrio está com Helena, filha do canalha do Nedar?

– Mas o canalha do Nedar não é presidente do PMN?

– Esse Demétrio quer botar tudo a perder?

– A gente não tinha fechado na candidatura dele pelo PJL?

– Em coligação com o PQR e o PRS.

– Todos contra o PMN!

– Com o apoio do PST!

– Eu estrangulo a sua filha e você estrangula o traidor.

– Não seria melhor o inverso?

– Não seria melhor acordar os quatro e escutar o que eles têm a dizer?

Hipólita e seus arroubos românticos. E sua propensão para festas em geral.

– Já é terça-feira, gente. Dia de se aproveitar o restinho. Vocês querem perder o desfile?

Os amantes despertaram ainda tontos.

Quando se viram naquelas posições, armadas por Seu Biu, procuraram no fundo de suas memórias alguma lembrança dos acontecimentos mais recentes.

– Oxente!

– Como foi que...?

– Será que eu...?

– Com você?

Foi quando Lisandro viu Egeu, tremeu de medo, e se explicou até onde lembrava.

– Tudo bem, eu reconheço. Eu ia fugir com Hérmia. Mas ela é maior de idade!

– É um seqüestrador! Vou ligar agora mesmo para os meus companheiros e pedir uma força. Ou melhor, muitas forças. Quanto mais fortes, melhor.

Demétrio resolveu intervir.

– Eu posso explicar o que aconteceu?

– Acho bom! – ameaçou Teseu. – O meu nome está comprometidíssimo com o PJL.

– Helena me contou que Hérmia ia fugir com Lisandro. Aí a gente veio pegar eles no flagra. Acontece que eu não sei o que me deu no caminho, só sei que me apaixonei por Helena. Podem me considerar desde já candidato pelo PMN com o apoio do senador Nedar.

– E eu também me sentirei honrado em mudar de sigla, se for para ficar com Hérmia – acrescentou Lisandro.

Egeu ameaçou ter um enfarte.

As moças defenderam os rapazes.

– Já que esses partidos vivem mudando o tempo todo, por tudo, por que não mudar mais uma vez?

– Se vocês quiserem, eu até distribuo panfletinhos na esquina.

Hipólita achou aquilo tudo "muito fofo" e propôs uma solução.

– Deixem de ser ingênuos, troquem os candidatos, façam novas alianças, e aproveitem a troca de casais para promover a campanha. Separação geralmente dá capa de revista.

Teseu pediu um minuto para consultar sua Mãe Iansã.

Deu seu habitual tremelique.

E seu esperado veredicto.

– Os santos concordaram com a estratégia. Fazemos uma coligação com o PMN, lançamos a candidatura de Lisandro para deputado estadual e a de Demétrio para federal, o que já nos assegura um forte nome para senador nas próximas eleições.

– Impressionante como os santos entendem de marketing político, não é, amor?

– Iansã sugeriu até que os dois casais se casassem ainda hoje, junto com a gente.

– Que bonitinho!

– Bonitíssimo. Inclusive já é mais um gancho de matéria. Vai, Filóstrato! Avisa para todos os jornais.

– Enquanto isso eu ligo para a gráfica e mando trocar os nomes dos candidatos nos cartazes. – Egeu pegou o celular.

– Só um detalhe: Iansã explicou como é que vai dar tempo de providenciar tudo, se o casamento é daqui a pouco?

– Ela mandou a gente contratar uma promoter.

– Tem que ser a melhor promoter da Bahia!

– Claro. Vocês acham que Iansã ia deixar por menos?

Os dois casais se abraçaram, atordoados com tanta novidade.

– Tive um sonho esquisitíssimo – comentou Helena.

– Duvido que tenha sido mais esquisito do que o meu – apostou Lisandro.

– E eu que sonhei que... – começou Hérmia.

– Contamos os sonhos no caminho. – Demétrio era o mais animado para a farra.

Puck deu um suspiro.

– Agora que já está tudo acertado, vou reunir o pessoal pra gente organizar a história e tomar o caminho de volta. Meia-noite em ponto acaba o prazo que dona Hera nos deu para executar o serviço. Serei eternamente grato por sua ajuda, Seu Biu.

– Nem pensar em voltar agora. Esse final está muito chocho. Precisamos de um *gran finale.*

– Ai, meu Nosso Senhor do Bonfim! – Puck pôs as mãos na cabeça.

DESCENDO A LADEIRA

O desfile passava, bloco na frente de gente, atrás de gente, atrás de bloco.

As batidas de cada coração, mais os batuques, tudo pulsava.

Do ponto de vista dos anjos não se via sequer uma fatia de chão.

Aquele pedaço da Terra poderia até se chamar "Gente", pelo menos por aquela noite.

Ou então "Espírito", visto que o espírito da festa não era só um, mas uma legião deles, e eles estavam espalhados por toda parte.

O que acontecia ali era indescritível.

– Estou até emocionado – Seu Biu confessou a Puck.

– Por que você não escreve um soneto?

– Já escrevi mais de cento e cinqüenta. Prefiro cair na folia.

– Afinal, o senhor é um bêbado ou um poeta?

– No meu caso, caro amigo, uma coisa depende da outra.

Em poucos segundos, o bêbado, ou poeta, desapareceu no meio do povo.

Bem que ele merecia se divertir um pouco, convenhamos.

Graças a ele, todos os conflitos tinham se resolvido.

No camarote VIP, Hipólita disputava a atenção do noivo com centenas de pessoas.

– Você seria capaz de mudar de vida por mim, que nem os rapazes fizeram pelas moças?

– Para mim estavam todos drogados. Esse pessoal aqui é tudo maconheiro.

– Vai que eles foram enfeitiçados pelos espíritos da noite e viveram uma aventura fantástica com direito a poções do amor, elfos e fadas.

– Bastante provável.

– Você não acredita em espíritos?

E antes que Teseu respondesse a essa pergunta, que poderia gerar, quem sabe, uma outra história, com mortais à caça de espíritos para atestar a existência destes, os dois casais de amantes chegaram vestidos de noivos por dentro e por fora.

– Champanhe para todo mundo!

– Vai devagar senão na hora do casamento você não vai mais estar prestando para coisa nenhuma.

– Nada que uma aspirina não resolva.

– Como é que está o desfile?

– Um sucesso! – Teseu estava todo orgulhoso. – O tema do primeiro bloco era "A Balada do Centauro".

– Depois veio um com um nome complicadíssimo.

– Hipólita leu na programação: – "O Desvario das Bacantes Bêbadas quando Matam Orfeu em sua Fúria." Quem é Orfeu?

– Não faço idéia.

– Só sei que o melhor até aqui foi: "As Nove Musas Lamentando a Morte do Saber, Falecido de Pobreza."

– E qual é o próximo, Filóstrato?

– "Breve Cena de Tédio sobre Píramo e Tisbe, seu Amor."

– O bloco é conhecido?

– Uma rapaziada nova. Pessoal da periferia.

– E cadê eles que não entram?

O SONHO DE BOBINA

Que o bloco de Bobina entrou com garra, isso é inegável. Para compensar a falta de mais componentes, melhor qualidade de som, ou figurino mais luxuoso, teriam suado a camisa, se estivessem de camisa.

E o que dizer do impacto que aquelas quatro fadas estonteantes causaram quando apareçam, visíveis aos olhos de todos, abrindo o bloco com uma dança que nunca ninguém tinha visto antes?

Não houve folião, turista, tapioqueira, mulher iludida, homem abandonado ou artista de televisão que pudesse se conter diante de tal encanto.

Ao final da primeira parte do enredo, o bloco fez uma pausa para a breve apresentação-teatral-performática do tema escolhido.

A cruel morte de Píramo e Tisbe realmente arrebatou a platéia.

Os gritos de "já ganhou!" tomaram conta do circuito.

E quando, no encerramento do desfile, o pessoal cantou "O Sonho de Bobina" com a participação de Semente de Mostarda, Flor de Ervilha, Mariposa e Teia de Aranha nos vocais, a galera inteira tirou os pés do chão e dançou com eles.

Não havia a menor dúvida de que aquele seria o grande sucesso do ano e que o cantor revelação Bobina teria uma bem-sucedida carreira pela frente.

TERRA DA FELICIDADE

Era quase meia-noite.

Deitados na calçada do Pelourinho, exaustos porém satisfeitos, naquele clima de depois do depois, Oberon e Titânia comentavam o sucesso da viagem.

– Dionísio não vai acreditar que essa gente consegue beber mais do que ele.

– E Afrodite vai ficar passada de saber que as baianas têm algo que ela não tem.

Mais uma vez, e aquela certamente não seria a última, foram tomados pela besta-fera senhora das discussões, aquela que adora instigar os enamorados.

– Quer dizer que o senhor já ficou todo interessadinho nas baianas?

– Pior você que se derreteu toda pelo negão.

– Eu já disse que ele era apenas meu pajem.

– Só de falar nesse assunto eu já fiquei irritado. Jura que vocês não namoraram?

– Você chamaria três beijinhos de namoro?

– Você deu três beijos naquele cara?

– Tudo bem. Quatro.

– Se você fosse mortal, eu te matava.

– Duvido. O que é que ia ser da sua existência sem brigar comigo? E se reconciliar depois? O que é que ia ser de Oberon sem Titânia para gritar "meu rei!" quando você beija o meu pescoço?

– Jura que ele não beijou o seu pescoço?

– Juro.

– Por tudo?

– Que os raios de Zeus me partam.

Oberon olhou para cima, só para dar uma conferida, e como não viu indício de raio, acalmou-se.

– Agora beija meu pescoço, meu rei!

– Mais tarde, minha rainha. Está mais do que na hora de voltar para o Olimpo.

– Você vai me negar um beijo?

– Dona Hera vai ficar furiosa se a gente não cumprir o prazo.

– Só um beijinho!

– Tudo bem. Quatro.

Mariposa, Flor de Ervilha, Teia de Aranha e Semente de Mostarda chegaram bem nesta parte da cena, atrapalhando o momento poético.

– Puck mandou dizer que só volta depois do casamento.

– Diz ele que precisamos de um *gran finale*.

– E que não há *gran finale* mais apoteótico do que um casamento triplo.

– Depois que ele arranjou aquele amigo da barbicha tudo agora é arte dramática.

– O problema é que já é quase meia-noite.

– E o que eu sei é que todo mundo vai para a festa.

– Vai ter lugar para os "VIPs", para os "EXTRA VIPs" e para os "SUPER EXTRA VIPs".

– Isso me parece meio complexo.

– Eles adotaram algum critério?

– Como é que se determina quem é mais importante do que quem?

– Pela cor da pulseirinha.

– Ah.

– Parece que gastaram uma verdadeira fortuna.

– Toneladas de lagosta.

– Litros de bebida importada.

– Quilômetros de renda francesa.

– Pela primeira vez, em milhares de anos, eu concordo com Puck. Todo final de história que se preze tem um "felizes para sempre". Vamos ficar para ver a entrada das noivas? – Titânia implorou a Oberon.

– Não dá. Estamos atrasados para tomar o caminho de volta.

– Vamos ficar só mais uma noite!

– Mais uma semana!

– Por que não ficamos uns trezentos anos?

– É tão bom ser gente! – defenderam as quatro fadas.

– Para quê voltar para o Olimpo se a Terra é muito mais divertida?

– Vocês sabem muito bem que nós não podemos fazer isso.

– Seria uma contravenção.

– Infelizmente.

– Muito melhor viver nessa alegria do que passar a eternidade naquele tédio.

– E aí? Alguém sabe como é que se faz para ficar aqui?

– Eu não sei, mas aquele Seu Biu, que acha que sabe de tudo, deve saber.

– Ou pelo menos achar que sabe.

– Vamos perguntar para ele?

– O tempo está passando.

– Por favor, Oberon!

– Tudo bem. Para dizer a verdade, eu estou doido por uma caipirinha.

Seu Biu e Puck discutiam poesia quando o grupo adentrou o Matagal.

– Decidimos ficar aqui na Terra – Titânia foi logo avisando.

– E como eu não quero contrariar a minha rainha, ficaria muito grato se o Seu Biu aí nos ajudasse.

– Eu não aconselharia vocês a fazer essa bobagem. Não é agradável para um espírito viver assombrando os outros, ou tendo que se incorporar em médiuns atrás de um corpo que lhes sirva.

– O senhor não entendeu.

– Nós queremos ficar para valer.

– Nos divertindo feito gente se diverte.

– Em resumo, queremos virar gente.

– Enquanto a humanidade inteira sonha com a imortalidade, vocês vão querer virar mortais?

– Qual o problema? Quando a gente morrer, volta a ser espírito.

– Mas vão perder os privilégios do Olimpo.

– Grande privilégio! Ficar lá, com dona Hera mandando em tudo, e sem nada para fazer?

– Sem axé?

– Sem batida de caju?

– Sem vatapá?

– Sem uma única tapioca?

– Diga logo: tem algum jeito de nós nos tornarmos mortais ou não tem?

– Estamos na Bahia, meu rei. Aqui tem jeito para tudo.

E o velho cachaceiro enumerou seus pedidos.

– Só preciso de uma galinha preta, duas folhas de uma gameleira nova, sete velas, um prato de abará, uma boa aguardente e um desejo bem forte.

– Desejos nós temos de sobra – vangloriaram-se as fadas.

– Não serve. Tem que ser de moça donzela.

– Isso vai ser o mais difícil.

– Digamos que se encontre uma moça casta e pura. Não vai ser uma maldade surrupiar o desejo dela?

– As virgens têm desejos sobrando. Um só não vai lhe fazer a menor falta.

Enquanto Seu Biu entornava e se preparava para celebrar o culto, os espíritos foram atrás dos ingredientes.

– Deixem a virgem comigo! – pediu Oberon.

– Mas era só o que faltava – respondeu Titânia. – Contente-se com a galinha preta!

NO TERREIRO

A cerimônia foi rápida.

Começou com uma bonita reza.

Santos, anjos e deuses foram evocados, à exceção é claro dos habitantes do Olimpo que, caso tomassem conhecimento do que estava acontecendo, fariam tudo para atrapalhar.

Cada imortal acendeu uma vela para um Orixá, e as sete chamas, nas cores do arco-íris, compuseram o cenário perfeito para a visita dos santos.

O desejo da virgem, imenso que era, foi ofertado à humanidade inteira.

Alguns batuques, uns cantos, umas oferendas e uma galinha preta depois, eles já comemoravam sua nova condição de mortais e faziam planos para o futuro.

Mariposa falou que ia estudar sociologia.

Flor de Ervilha preferia se tornar cantora internacional.

Lutar pelos pobres era tudo que Teia de Aranha almejava na vida.

Semente de Mostarda queria mesmo era um bom marido.

Oberon e Titânia asseguraram que em pouco tempo seriam mais famosos do que Teseu e Hipólita e estariam em todas as capas de revista.

Puck resolveu investir na carreira de poeta.

Seu Biu sabiamente comentou que gente combina com sonho e sonho pede muita alegria.

– Ele tem toda razão. Vamos logo para essa festa! – As ex-fadinhas, pelo visto, haviam se transformado em quatro moças bem alvoroçadas.

OS PRAZERES DA CARNE

Já era meia-noite e cinco quando os ex-espíritos exibiram suas pulseirinhas falsificadas para os seguranças e foram prontamente admitidos no recinto.

A festa estava no auge.

Impossível arriscar a quantidade de umbigos à mostra, mãos bobas e beijos trocados com sofreguidão, ou mesmo o dilúvio de bebida que era distribuído ali, em bandejas de prata.

Oberon e Titânia foram se agarrar num canto.

Semente de Mostarda, Mariposa, Teia de Aranha e Flor de Ervilha saíram à caça de rapazes.

Puck e Seu Biu se serviram de bebida e ficaram num canto, observando a euforia que lotava o salão.

– Foi tanta confusão nesses últimos dias que eu nem vi o tempo passar.

– Bem que Hipólita disse: "Nessas quatro noites o tempo vai passar rapidamente, como num sonho."

– Epa! Se você viu esse pedaço, então você estava acompanhando a história desde o início?

– O que fazem os desocupados e os poetas além de acompanhar histórias, meu caro Puck?

– Você está se enquadrando em qual categoria?

– Você quer saber se eu sou Shakespeare de verdade?

– É, ou não é?

UN GRAN FINALLE

Mesmo que o casamento tivesse sido ruim, é evidente que aqui seria registrado que foi ótimo, pois ninguém ia ser tolo de escrever um final sem graça.

As colunas sociais afirmaram que "a sociedade baiana compareceu em peso" e que "a presença de diversas personalidades do meio artístico foi de fundamental importância para o sucesso do evento".

As quatro garotas dançaram a noite inteira, se revezando entre Bobina, Quina, Justinho, Fominha, Bicudo e Sanfona, e há quem diga que "rolou", mas, segundo depoimentos dos próprios, "a gente só estava se conhecendo melhor".

Titânia pegou o buquê de Hipólita.

Oberon se entupiu de moqueca.

Os três recém-casados estavam apressados para chegar ao aeroporto e pegar o vôo para Miami, onde passariam a lua-de-mel.

Egeu chegou com o jornal do dia seguinte nas mãos e um sorriso no rosto.

– Foi manchete com destaque: "PMN aceita coligação com PJL."

– Saiu alguma coisa sobre o desfile de blocos?

– O caderno de cultura não fala em outra coisa. Escreveram até uma crítica. "Bloco alternativo prova que o pós-moderno é feito de incoerências."

– Lê aí para a gente, Filóstrato.

– Você quer perder o avião?

– Primeiro os negócios!

– Leio ou não leio?

– Eu só quero saber se citaram meu nome.

– Você não desfilou, Teseu!

– Mas arrumei o patrocínio.

– O seu nome não saiu, mas o importante é que em todas as fotos aparece o seu camarote com você, Hipólita e a nossa logomarca ao fundo.

– Eu saí gorda?

– Uma sílfide.

– O que é sílfide?

– E mais importante ainda é que no final deu tudo certo.

– Viva a Bahia!

– E viva o amor!

– E viva o PJL!

– E o PLM!

– E o PST!

– Vamos tomar mais uma para comemorar?

– Você quer perder o avião?

– Vai, Filóstrato, pega ali a saideira.

– Eu não sei o que seria dessa história sem mim – observou Filóstrato.

A FÚRIA DE HERA

Bastou que o momento do prazo se extinguisse para Hera começar a dar escândalo lá no Olimpo.

– Atrasados! Incompetentes! Desqualificados! E, por favor, não me diga "calma, querida".

– Mas eles podem ter tido algum contratempo!

– O senhor Zeus tem razão. Rodar o universo inteiro não é coisa assim tão simples – argumentou Pégaso. – Ainda mais atrás de incumbência tão difícil.

– Eles devem estar tendo muito trabalho, e trabalho dá um trabalho incrível – defendeu Hércules.

– Uma simples viagem pode virar uma ilíada – Aquiles apoiou o colega.

– Provavelmente aconteceu algum imprevisto e eles logo estão chegando – Zeus tentou concluir.

– Se é que eles vão chegar.

– Quem teve a idéia de inventar cavalo falante devia ser torturado cruelmente.

– Desculpe, minha deusa. Foi uma mera suposição. – E Pégaso não disse mais nada.

Mas a hipótese levantada por ele ficou rodando no ar.

– Não é possível que...

– Sei não.

– Eu não boto a minha mão no fogo.

– Vai que eles encontraram gente, descobriram homens bonitos e...

– ...mulheres bonitas...

– ...e...

– Vocês não acham de verdade que eles teriam coragem de nos abandonar, acham?

Dionísio tentou ser delicado.

– Sexo, drogas e orgias. Sinceramente, dona Hera, qualquer um cairia em tentação.

– Não se preocupem. – Zeus levantou a mão direita, solenemente. – Juro que vou lá e os trago de volta.

Levou um safanão e ficou mudo.

– Essa história não vai acabar assim! – a deusa decretou com ira nos olhos.

Quem mandou os gregos criarem seus deuses à sua própria imagem?

Deu no que deu.

Ao inventarem Hera assim, tão braba e teimosa, geraram um problema que duraria o resto da eternidade, já que ela ficou enfurecida por "ter sido passada para trás", como se lamentava sem parar, e resolveu decretar guerra aos inimigos.

Diante de tamanha cólera, alguns espíritos se empenharam em arranjar uma solução para ajudar os pobres colegas.

– Precisamos evitar uma tragédia.

– Como? Se eles voltarem, estão fritos. Se não voltarem, quem está frito é a gente que vai ter que agüentar dona Hera mal-humorada pelo resto dos tempos.

– Ou seja, não há saída.

– Essa história vai terminar mal de qualquer jeito.

– Não pode ser. Estamos no Olimpo!

– Estávamos. A partir de agora isso aqui vai virar um inferno.

– Vamos consultar o deus das histórias para ver se ele arranja um final melhor do que esse?

– Boa idéia.

– Cadê Shakespeare?

– É mesmo. Cadê?

– Ele anda tão sumido ultimamente.

– Não seria o caso de convocá-lo em caráter de emergência?

Hera, que estava pregando uma faixa onde se lia "Proibida a entrada" na porta do Olimpo, gritou de lá.

– Shakespeare que não se meta. Eu quero que essa história acabe bem mal para aqueles desertores mal-agradecidos. Eles vão se arrepender de terem me enganado. Ah, se vão!

– Calma, querida.

O IMPIEDOSO TEMPO

Aqui na Terra, o dia já havia amanhecido quando a festa terminou e aquela era uma Quarta-feira de Cinzas parecida com qualquer outra.

Latas.

Vidros.

Lixo.

Lama.

Alívios.

Arrependimentos.

Glórias.

Gente caída por toda parte.

Os restos do carnaval tomavam conta das ruas.

Alguns bêbados mais resistentes insistiam em "só mais uma", como se isso fosse verdade.

Os mais sinceros pediam "só mais seis".

Solitários, temerosos do futuro, fingiam que não percebiam o sol recém-nascido.

Ônibus lotados de gente voltando para casa, fantasias tortas, maquiagens vencidas, vitórias contadas, corações partidos, bocejos.

Pessoas mais felizes do que nunca.

Pessoas ainda mais tristes do que antes.

Carnaval tem isso de deixar saldo.

Mais um motivo para se esperar tanto pelo próximo.

Até os anjos da guarda já haviam dado por encerrado o longo expediente.

Garis e mais garis começaram a se espalhar pelo cenário, colorindo a cidade de laranja, sem saber direito por onde começar o serviço.

O sol brilhou mais forte divulgando que era verão.

Pombos que esperavam pacientemente por aquilo foram re-conquistando as calçadas.

Um velhinho abriu a janela e festejou o silêncio.

Um marido e uma mulher, deitados na cama, decidiram que era "melhor não falar mais sobre isso", e cada um se virou para um lado.

Uma mocinha se lembrou mais uma vez dos detalhes daquele beijo, para que ficassem guardados para sempre em sua memória, e só então pegou no sono.

As Quartas-feiras de Cinzas carregam muita responsabilidade.

ERA BOM DEMAIS PARA SER VERDADE

Oberon, Titânia, Puck e as meninas saíram da festa do casamento trocando as pernas.

Foi necessário empilhar todas as mesas e cadeiras do Matagal para que este servisse de abrigo aos hóspedes.

Já passava a hora do almoço quando, um a um, todos foram se acordando.

A ressaca era de morte.

– Se eu soubesse que mortal tinha dor de cabeça, preferia ter continuado imortal.

– Melhor tomar logo outra para rebater.

Foi então que Oberon abriu a porta e viu a rua deserta.

– Ué? Onde está a festa?

Os outros vieram conferir que diabos acontecera.

– Onde está o povo?

– E os blocos?

– E os trios?

– E a música?

– E a folia?

– Onde está a alegria, rainha absoluta da Terra?

Seu Biu varria a calçada.

– O carnaval acabou, minha gente. Agora só no ano que vem. Aqui os dias passam, não lembram? Hoje é Quarta-feira de Cinzas, dia de nada. Amanhã a vida recomeça: emprego, casa, aluguel, prestação, decepção, fé, expectativa, tédio, esperança.

– Sim! – lembrou-se Puck. – O que vem a ser Carnaval?

– O período de festas profanas que acontecem por volta do mês de fevereiro e que, além das semanas pré-carnavalescas, duram quatro dias.

– Apenas quatro?

– De sábado a terça-feira.

– E o resto do ano?

– Continua.

– Sem festa nenhuma?

– Ainda temos a Páscoa, o São João, o Natal e o *réveillon*. Fora uma ou outra micareta.

– Só isso?

– Por aqui tudo morre. Até mesmo o Carnaval.

– E agora, meu Pai?

– Agora é tocar a vida para frente.

pessoal do Olimpo nunca tomou conhecimento do destino dos "fujões", maneira como Hera se referia a eles quando rogava suas pragas.

Se alguém que estiver lendo essa história tiver acesso aos deuses e quiser lhes deixar informados sobre o paradeiro deles, tome nota:

Puck logo descobriu que ser poeta não dava dinheiro e desistiu do seu projeto. O fato de ter um tipo estranho, que chamava a atenção de todos, permitiu que ele fosse escalado para alguns papéis bizarros na publicidade, na televisão e no cinema. Seu maior sucesso foi uma brilhante atuação no filme infanto-juvenil *Os Duendes da Floresta Encantada*, onde aparece como figurante, em cima de uma árvore, no décimo primeiro minuto da fita.

As irrequietas Teia de Aranha, Semente de Mostarda, Flor de Ervilha e Mariposa formaram uma banda, agora se chamam Rosyanne, Suyenne, Daysemary e Maryneyde e se apresentam em casas noturnas.

Quando souberam da existência de dois satélites de Urano que levam seus nomes, Oberon e Titânia ficaram honradíssimos.

Desde então se interessaram pela ciência, leram alguns livros de astrologia e fizeram um curso por correspondência. Hoje assinam o horóscopo de uma revista para as mocinhas que dão pulos de alegria quando lêem nos seus signos a abençoada previsão: "dia propício para o amor".

Os sete se encontram toda Quarta-feira de Cinzas no Matagal do Duque, quando comemoram os respectivos aniversários, botam os assuntos em dia e revivem os sonhos de outrora.

Seu Biu continua tocando seu boteco.

Continua bebendo.

Quando bêbado, continua recebendo o pai-de-santo que nos fornece obras belas e, sobretudo originais, como esta que por aqui ora termina.

© 2006 by Adriana Falcão
Todos os direitos desta edição reservados à
EDITORA OBJETIVA LTDA. Rua Cosme Velho, 103
Rio de Janeiro – RJ – CEP: 22241-090
Tel.: (21) 2199-7824 – Fax: (21) 2199-7825
www.objetiva.com.br

Coordenação editorial
Isa Pessôa

Capa e projeto gráfico
Luiz Stein Design (LSD)

Designers assistentes
Darlan Carmo
Claudio Rodrigues

Produção LSD
Solange Barcellos

Foto de capa
Bruno Veiga

Revisão
Ana Kronemberger
Lilia Zanetti Freire
Maria Beatriz Branquinho da Costa

Editoração
ô de casa

CIP-BRASIL. CATALOGAÇÃO-NA-FONTE
SINDICATO NACIONAL DOS EDITORES DE LIVRO, RJ

F163s

Falcão, Adriana
   Sonho de uma noite de verão / Adriana Falcão. - Rio de Janeiro :Objetiva, 2007.
   151p. - (Devorando Shakespeare ; 3)

   Romance inspirado na obra "Sonho de uma noite de verão" de William Shakespeare
   ISBN 978-85-7302-774-7

   1. Romance brasileiro. I. Título. II. Série.

07-0309.   CDD: 869.93
                            CDU: 821.134.3(81)-3

29.01.07 01.02.07   000309

Conheça mais sobre nossos livros e autores no site
www.objetiva.com.br
Disque-Objetiva: (21) 2233-1388

Impressão e Acabamento: